W0283996

· ESPRIT ·

Comprendre le monde qui vient

212, rue Saint-Martin, 75003 Paris
www.esprit.presse.fr

Rédaction : 01 48 04 92 90 - redaction@esprit.presse.fr
Ventes et abonnements : 03 80 48 95 45 - abonnement@esprit.presse.fr

Fondée en 1932 par Emmanuel Mounier

Il était une fois le travail social

À plusieurs voix

Varia

Cultures

Éditorial

SUR LE PONT

Dans une guerre qui dure depuis huit mois, l'impressionnante contre-offensive ukrainienne dans la région de Kharkiv fait déjà figure de tournant. En quelques jours, elle a changé la donne du conflit et démontré les effets concrets du soutien américain et européen à la résistance ukrainienne. Dans le même temps, on apprenait, comme au printemps dernier, la découverte de fosses communes et de chambres de torture dans les territoires libérés de l'occupation russe, obligeant à prendre toujours plus au sérieux la spécificité de cette guerre d'invasion. Une guerre qui non seulement autorise, mais met en œuvre une criminalité multiforme et systématique à l'encontre des civils, le peuple d'Ukraine que l'on veut « dés-ukrainianiser ».

On sait que la mort de masse et les crimes contre des peuples sont impossibles à appréhender avec la même intelligence empathique que la mort singulière, reçue dans sa réalité tragique. L'histoire a montré que nous ne sommes pas équipés cognitivement pour y faire face au moment où ils surviennent. Nous tournons le dos à l'incommensurable, comme la pâquerette qui pousse quand même à la lisière de la fosse où furent jetés les corps torturés. Il ne faut pas moraliser cette indifférence, mais y voir une condition de survie psychique, tant que cet océan de souffrance nous semble éloigné. C'est ainsi que le génocide des Ouïgours reste une abstraction en France, tant qu'il est circonscrit et lointain. Seule la peur, ce grand réveil de la pensée, ce grand levier du politique, nous redresse quand le danger se rapproche. Et pour des populations qui, comme les nôtres, vivent en paix depuis plusieurs générations, la lenteur ou parfois les manquements de la justice pénale internationale nourrissent cette placidité collective.

Mais le réflexe qui consiste à regarder ailleurs n'y change rien : nous sommes désormais inscrits dans le temps long de la guerre, qui constitue en lui-même une épreuve. Pour les Ukrainiens d'abord, qui au-delà de pertes humaines déjà considérables, font les frais du ciblage délibéré des infrastructures civiles par l'armée russe. Comme l'écrit Volodymyr Zelensky dans un message d'une éloquence terrible publié sur Telegram le 11 septembre 2022, c'est à la privation durable de nourriture, d'eau, d'électricité, que se prépare la population. Tout plutôt que d'accepter l'occupation russe, *« parce que pour nous le froid, la faim, l'obscurité et la soif ne sont pas aussi terribles et mortels que votre "amitié et fraternité" »*. Une épreuve pour la Russie également, épuisée au point de quémander des drones à l'Iran, des munitions à la Corée du Nord, et des hommes dans les prisons. Une épreuve redoublée pour l'opposition démocratique et la société civile russes, qui subsistent encore, désormais très faibles sous le joug du Kremlin. Une épreuve enfin pour les démocraties, qui doivent elles aussi refuser de capituler, et pas seulement sur le front du soutien militaire ou de l'approvisionnement en gaz.

Nous sommes désormais inscrits dans le temps long de la guerre, qui constitue en lui-même une épreuve.

À l'heure où le conflit s'installe, il est en effet frappant de constater que les extrêmes droites illibérales et notoirement pro-russes gagnent du terrain en Europe – en Italie, en Suède, sans oublier la France et ses quatre-vingt-neuf députés Rassemblement national. Les liens, financiers notamment, entre ces partis et la Russie de Vladimir Poutine sont bien documentés. Et l'attitude récente d'un Viktor Orbán s'opposant à un nouveau train de sanctions européennes montre à elle seule que ces forces politiques servent très concrètement les intérêts du Kremlin. Il y a une ironie grinçante à voir ces mouvements et leurs dirigeants, qui se drapent à l'envi dans la glorification de la nation, refuser de soutenir une résistance ukrainienne nourrie de ce que l'idée nationale a de plus noble et de plus puissant, lorsqu'elle refuse la prétendue *« amitié et fraternité »* de la Russie. Il n'en demeure pas moins que si la propagande russe fonctionne, c'est qu'elle se fraie un chemin dans les failles : Vladimir Poutine mise certes sur la fermentation corrosive d'une désinformation lourdement financée, mais plus encore sur la fatigue des démocraties, et leur égoïsme supposé face aux désordres du monde. La démonstration de courage de la résistance ukrainienne doit nous rappeler au contraire que le rêve de justice de 1945 n'est pas mort, qu'il est encore le socle de nos libertés fondamentales, et qu'il vaut la peine que nous restions, nous aussi, sur le pont.

Esprit

À PLUSIEURS VOIX

PÉNURIE D'ENSEIGNANTS

Vianney Robin

La rentrée scolaire s'annonce difficile : d'après *Midi Libre*, *« au niveau national, ce sont environ 17 % des postes qui ne sont pas pourvus dans les premier et second degrés. Autant de postes ouverts aux contractuels*[1] *»*. En réalité, la pénurie de personnels n'est pas propre à l'éducation : pénurie de soignants dans la santé, difficultés des restaurateurs pour trouver du personnel qualifié, pénurie de chauffeurs de bus scolaires… un grand nombre de secteurs sont concernés.

Le taux de chômage de la France est de 7,1 % (Insee) au second trimestre 2022. Il n'a jamais été aussi bas en presque dix ans, le précédent record (6,9 %) se situant juste avant la crise financière de 2008. Dans ces conditions, le cliché selon lequel la France serait un pays de fainéants tombe : les gens n'ont pas cessé de travailler pour profiter des allocations chômage, ils ont simplement changé de secteur. De nombreux indicateurs confirment cette intuition, comme le taux historiquement élevé de démission (plus de 500 000 au premier trimestre 2022[2], un taux qui n'avait pas été atteint depuis 2008) tandis que le taux d'emploi est en légère hausse.

Il n'est pas nécessaire d'être un spécialiste du marché du travail pour comprendre les raisons de cette pénurie conjoncturelle : la reprise économique après la période de la Covid provoque de nombreux besoins en main-d'œuvre, mais le retour de l'inflation rend les travailleurs plus exigeants sur les salaires proposés. Dans les secteurs en tension, ils disposent alors d'un pouvoir de marché inédit (du moins depuis une dizaine d'années). Le marché du travail n'est sans doute pas parfaitement concurrentiel, mais il est influencé par la loi de l'offre et de la demande : si un employeur ne peut ou ne veut pas s'aligner sur le salaire d'équilibre, ses employés iront tôt ou tard voir ailleurs. On ne reviendra pas ici sur le salaire des enseignants[3]. Il suffit de rappeler qu'un contractuel (non-titulaire) touche environ 1 400 euros net par mois en début de carrière (à condition d'avoir un bac + 3). N'importe quel diplômé de mathématiques, d'économie ou de physique, *a fortiori* titulaire d'un master, peut trouver nettement mieux que les rémunérations dérisoires offertes dans l'Éducation

1 - Catherine Unac, « Pénurie de professeurs des écoles : et si vous deveniez enseignant contractuel ? », *Midi Libre*, 29 août 2022.

2 - « La France vit-elle une "Grande démission" ? », Dares, 18 août 2022 [en ligne].

3 - Vianney Robin, « Les enseignants sont-ils mal payés ? », *Esprit*, juin 2022.

nationale. La pénurie d'enseignants, à cet égard, n'est pas nouvelle : cela fait des années que les viviers de remplaçants sont vides.

Un métier ne se résume pas à la rémunération de l'emploi. Le matériel est une chose, le symbolique (entendez les conditions de travail) en est une autre. La période actuelle est marquée, chez de nombreux actifs, par la recherche d'un meilleur équilibre vie de famille/vie professionnelle, en raison notamment du rééquilibrage, lent mais continu, du partage des tâches ménagères : les femmes travaillent et les hommes assument davantage de responsabilités domestiques. Elle est également marquée, surtout depuis la Covid, par la recherche de plus d'autonomie dans le travail. Dès lors, il n'est pas très étonnant que les professions avec des horaires décalés, peu d'autonomie, des conditions générales de travail difficiles (dans la santé : la pression permanente depuis la Covid ; dans la restauration : les heures supplémentaires non payées ; dans le transport scolaire : les salaires faibles et les horaires décalés, et ainsi de suite) n'attirent pas foule.

Si l'Éducation nationale paie les heures supplémentaires, elle est l'archétype de la bureaucratie.

Or, si l'Éducation nationale paie les heures supplémentaires, elle est l'archétype de la bureaucratie, c'est-à-dire, pour Max Weber, qui en faisait la principale caractéristique de la modernité, *« l'application impersonnelle de règles et de procédures »*. L'exemple classique est celui des mutations : les néo-titulaires peuvent être mutés à tout endroit de la France, le plus souvent loin de chez eux, dans une académie et un établissement qu'ils ne connaissent pas, typiquement difficile lorsqu'ils sont jeunes et n'ont pas assez de « points » au barème de mutation. Voilà le genre de système qui peut freiner les envies de titularisation des mieux disposés, ainsi que le soulignait un responsable syndical récemment entendu à la radio : les suppléants avec de l'expérience, une famille et un ancrage local ne vont pas forcément vouloir passer le concours exceptionnel annoncé par Pap Ndiaye, disait-il, car cela signifierait pour eux entrer dans le système de mutation national et donc devoir quitter leur poste… pour une destination qu'ils connaîtront le plus souvent au dernier moment, voire dans les pires cas quelques jours avant la rentrée. Exemple presque caricatural et pourtant réel, trouvé chez Philippe Watrelot, bien connu dans les milieux éducatifs pour sa veille de l'actualité : cette professeure des écoles, maman d'un nourrisson et habitante d'Annecy, nommée pour un an à Voiron (120 km de chez elle), tandis qu'une autre professeure des écoles se trouve dans le cas inverse : elle habite Voiron et se voit mutée à Annecy. Elles demandent à permuter leurs affectations, sans succès.

De manière plus générale, l'Éducation nationale est marquée depuis longtemps par un fonctionnement vertical (même pour une administration d'État) dans lequel des ministres successifs empilent des réformes qui portent leur nom, réformes qui bouleversent généralement le travail quotidien de milliers d'agents, dont les résultats sont rarement ou jamais évalués, et qui sont supprimées ou modifiées par le ministre suivant. La réforme Vallaud-Belkacem, qui modifiait en profondeur l'organisation du collège, décidée d'en haut contre l'avis de la quasi-totalité des enseignants concernés, puis abandonnée en douce (mais toujours appliquée dans quelques établissements), en est un parfait exemple. La méthode Blanquer pendant la crise sanitaire a aggravé cette tendance : on peut la résumer à des protocoles kafkaïens annoncés le jeudi dans la presse pour application le lundi. Ce fut, aussi, une réforme générale de tous les programmes du lycée, doublée d'une réforme de l'accession à l'enseignement supérieur (avec un système moins efficace et plus stressant pour les élèves) et d'une réforme profonde de l'organisation des établissements, le tout en trois ans.

Il ne s'agit pas de s'opposer par principe à toute réforme et à toute évolution du métier. Le problème réside dans l'empilement à la va-vite de réformes qui bouleversent tout, sans laisser le temps aux familles, aux élèves, aux enseignants de digérer les précédentes, en décidant presque tout Rue de Grenelle et en ne faisant des concertations que pour la forme. On pourrait citer encore de nombreux exemples illustrant ce fonctionnement : notes du bac 2022 « harmonisées » sans informer les enseignants qui les ont mises, calendrier absurde qui exige le passage des épreuves en mars avec un programme très chargé, faisant peser un stress considérable sur les épaules des élèves et perdre aux enseignants ce qui fait le cœur du métier : la liberté pédagogique et notamment celle de prendre du temps, voire d'en perdre.

Beaucoup d'enseignants sont très heureux d'exercer leur métier. Tous vous diront d'ailleurs que le vrai plaisir du métier, c'est dans la classe ; et que le « merci » d'un élève fait oublier tout le reste. Les éléments soulignés ici brossent néanmoins le portrait d'une profession dont l'image peut être repoussante pour de jeunes actifs diplômés : salaires faibles, mutations aléatoires, fonctionnement hyper-administré. Certains enseignants en poste sont découragés et d'autres, qui seraient intéressés par cette mission fondamentale, peuvent hésiter à exercer un métier où ils craignent des élèves plus difficiles, des familles plus exigeantes, une administration qui ne cherche pas à les aider et plus généralement, une société moins reconnaissante pour ses enseignants. Peut-être est-ce là, d'ailleurs, le cœur du problème.

Vianney Robin
Professeur agrégé de sciences économiques et sociales, il anime le blog « Des hauts et débats ».

UNE NOUVELLE CONFLICTUALITÉ POLITIQUE ?

Matthieu Febvre-Issaly

Le fait politique majeur de ces derniers mois réside dans le résultat des dernières élections législatives qui ont privé le président réélu d'une majorité absolue, sans pour autant la confier à une opposition, celle-ci étant éclatée entre l'extrême droite historique, la droite traditionnelle et une récente union des gauches radicale, écologiste et socialiste. On a pu évoquer la nécessité d'élaborer en France une culture du compromis qui manque sous la Ve République et singulièrement, dans la pratique du pouvoir depuis 2017. La majorité s'est confondue avec l'Élysée comme rarement, effaçant plus encore le Parlement, dont Emmanuel Macron lui-même, dans un projet de révision constitutionnelle en 2018, envisageait de réduire le nombre des membres. Dans ce nouveau contexte, assistons-nous à une redéfinition des lignes de conflictualité politique ?

Le clivage droite-gauche

Le grand mouvement qui a tendu à effacer les partis au profit du centrisme macronien depuis 2017, bien au-delà d'Emmanuel Macron lui-même, n'était pas tant une révolution libérale que la victoire d'un principe d'efficacité, largement compris comme un pragmatisme en rejet d'idéologies connotées. La structure politique est alors conçue comme un combat éternel et romantique entre la modération au pouvoir et des forces extrémistes. Emmanuel Macron a gagné deux fois au premier tour, en dépassant les partis traditionnels, puisqu'il était entendu qu'il bénéficierait d'un report de voix face à Marine Le Pen. Mais une fois la majorité perdue, en 2022, l'ex-La République en marche (LREM) désormais Renaissance préfère construire le récit d'une opposition aux deux extrêmes que seraient le Rassembelement national (RN) et la Nouvelle union populaire écologique et sociale (Nupes), quitte à donner du poids au premier en confortant ses positions à l'Assemblée avec deux vice-présidences – alors que son nombre de sièges en justifiait une seule – et en envisageant de lui donner sa préférence pour la tête de la commission des finances – quand bien même la plus grosse partie de l'opposition se situe à gauche, même en additionnant Les Républicains (LR) et le RN.

Renaissance a tout intérêt à entretenir le duel avec un RN historiquement – et de moins en moins – honni en plaçant au même niveau une gauche diabolisée. Incidemment, le macronisme montre qu'il n'est pas un centre au sens où l'a toujours défini François Bayrou, comme une équidistance, ni tout à fait l'extrême centre opportuniste et sans idéologie que l'historien Pierre Serna a retracé de la République radicale à aujourd'hui[1]. D'une certaine manière, la seconde lecture a été reprise par le pouvoir depuis les élections législatives de 2022 pour se placer en vis-à-vis d'une extrême gauche et d'une extrême droite. Le macronisme semble bien plutôt un déplacement de la droite vers les nouveaux groupes sociaux qui mènent l'économie, soit un sarkozysme libéré des aspects conservateurs de la droite traditionnelle.

Discours et immobilisme

Mais que l'on songe aux débats de cet été sur les rodéos urbains, sur l'allocation de rentrée scolaire ou sur la prévision des orages violents : c'est tout le discours public qui se focalise sur des objets, sans les relier à l'action publique ou à une perspective de changement. En résonance avec ce phénomène, la spécificité du centrisme macronien tient surtout à sa capacité de produire un discours volontiers radical, entretenant un haut niveau de conflictualité dans le débat public et qui mobilise souvent l'imaginaire guerrier, mais sans agir concrètement au-delà de quelques chèques et investissements localisés, ou l'annonce démagogique de « priorités ». On peut aussi y voir une caractéristique du populisme qui consiste, comme style de gouvernement, comme production discursive d'une réalité politique alternative, à créer des catégories abstraites qui masquent, pas nécessairement volontairement, l'action au sein des structures sociales maintenues intactes.

Le macronisme entretient un haut niveau de conflictualité dans le débat public.

1 - Pierre Serna, *L'extrême centre ou le poison français (1789-2019)*, Paris, Champ Vallon, coll. « L'Esprit libre », 2019. Voir mon compte rendu dans *Esprit*, juillet-août 2019.

La conséquence de cette structuration du langage politique est de créer des espaces de conflits – les rodéos urbains deviennent la métaphore d'une incivilité généralisée, l'allocation de rentrée celle d'une rente supposée de ménages « assistés ». Les positions alternatives qui voudraient agir sur les causes structurelles subissent un retour de flamme immédiat, rendues soit inaudibles, soit complices de l'islamisme, de la violence ou d'un délitement civilisationnel. C'est en cela également que le macronisme est apparu étrangement soluble dans les discours d'extrême droite, comme en ont témoigné un Gérald Darmanin ou un Jean-Michel Blanquer, privilégiant les anathèmes, mais ne prétendant en rien remettre en cause la répartition des rôles sociaux et économiques – comme, par ailleurs, le RN depuis plusieurs années.

La « fin de l'abondance » ?

On le croyait un libéral convaincu et déterminé ; Emmanuel Macron s'est révélé un conservateur inquiet, qui évoque *« la fin de l'abondance et de l'insouciance »* au conseil des ministres de rentrée ; on a entendu depuis cet été que les crises climatiques, la guerre et l'épidémie l'inquiétaient désormais. Pour autant, il ne semble pas que cette fin de l'abondance amène le chef de l'État à remettre en cause les grandes lignes de l'action publique depuis plusieurs décennies, accrochées à la croissance et à la compétitivité. Sa sortie semble au contraire la marque d'un déclinisme typiquement conservateur.

L'idée de progrès, qui constituait l'élément central de son logiciel depuis 2017, n'est plus perçue de la même manière par la classe politique dirigeante, qui alors l'opposait au conservatisme. Sauf que l'ethos dominant semble désormais considérer que la « réalité économique » et les « crises » prévalent sur les capacités de transformation. Ou plutôt que ces dernières doivent être mises au service d'une lecture pessimiste de l'histoire : faute de pouvoir encore défendre l'innovation à tout prix pour la croissance, du fait de la raréfaction des ressources et des externalités de notre modèle énergétique, on défend la sobriété, qui a des airs d'austérité et pèse comme une responsabilité individuelle sur tous.

Emmanuel Macron et ses soutiens n'ont pas le monopole de ces formes de discours politique. La France insoumise (LFI) a beau porter dans le débat public des positions et des analyses diamétralement opposées à celles de la majorité présidentielle, elle s'inscrit tout à fait dans cette nouvelle conflictualité : les cadres du parti privilégient les coups d'éclat comme s'ils étaient encore une opposition, alors qu'ils sont en mesure de participer à des majorités de circonstance et de faire avancer des lois importantes. Si leur programme est bien construit, il est pris dans la stratégie populiste pour gagner en pénétration, au risque de perdre en surface. Le Parti socialiste, quant à lui, n'a pas précisé son cadre de pensée, et les écologistes, qui présentent une grande diversité programmatique, ne parviennent pas à gagner en efficacité dans le discours public. Le gouvernement peut alors s'en tenir à une position de surplomb comme s'il avait encore la majorité absolue. Dans ce paysage, le RN n'a même pas à démontrer qu'il peut être constructif, et il peut laisser aux Darmanin et aux Dupond-Moretti les mots durs à l'égard des étrangers ou des jeunes violents.

Cette nouvelle conflictualité assèche le débat public de tout débat de fond et empêche les compromis véritables qui ont fait la démocratie contemporaine, libérale ou sociale. À l'échelle du débat public, elle prive de la vertu de la discussion et de l'écoute, en rabaissant les propos complexes à des étiquettes et catégories abstraites fortement connotées. Cela vaut au sein des camps politiques autant qu'entre eux et qu'à l'échelle du débat public.

Matthieu Febvre-Issaly
Doctorant en droit public à l'université Paris 1 Panthéon-Sorbonne.

LES NATIONS ET L'EUROPE

Jean-Louis Schlegel

Trop de nation ici, avec des nationalismes exaltés, populistes, illibéraux, souvent peu regardants sur les droits de l'individu en général et des non-nationaux réels ou imaginaires en particulier. Trop peu de nation là : nombreux sont ceux chez qui leur rejet va de pair avec l'ignorance de leur histoire ; la mondialisation heureuse et les droits de l'homme leur tiennent lieu de boussole politique ; la montée des empires leur semble clairement le signe de l'impuissance définitive des nations et le premier défi à relever par une Europe unie et puissante.

La nation, ressource pour l'Europe ?

Ceux qui regrettent l'oubli de la nation et ceux qui s'en félicitent trouveront dans le livre récent de deux souverainistes modérés[1], Bernard Bourdin et Philippe d'Iribarne, des arguments tant historiques qu'actuels en soutien de la nation comme *« ressource d'avenir »*, sans compter l'exposition des principes de philosophie politique qui l'ont

1 - Bernard Bourdin et Philippe d'Iribarne, *La Nation. Une ressource d'avenir*, Perpignan, Artège, 2022 (en bandeau sur la couverture, « La nation, point d'équilibre entre l'universel et l'enraciné »).

justifiée et la justifient toujours, Renan et Rousseau se trouvant ici en bonne place. Les deux versants du problème – les raisons du déclin de la nation et les *« impasses d'un monde postnational »* – sont amplement décrits, avec leurs conséquences néfastes : recul de la citoyenneté, impossibilité – *de facto* et théorisée – de l'intégration des étrangers et difficultés qui s'ensuivent pour la « communauté nationale » aux prises avec les communautarismes, entorses à la laïcité républicaine au profit de l'identitarisme religieux ostensible… et d'autres maux encore, dont bien sûr la limitation des décisions souveraines, instituées ou d'occasion, pour l'économie et la monnaie.

Selon les auteurs, l'Europe des droits de l'homme est *« seule dans le monde »* à prendre au sérieux *« la théorie du dépassement des nations »*. Ses institutions supranationales et les cours constitutionnelles, y compris nationales, qui en sont le relais juridique, sont ici particulièrement visées : instituant une vie démocratique selon la « morale » des droits de l'homme et encadrée par les droits (infinis et indéfinis) des individus, mais sans représentation par des peuples et des citoyens, ces institutions auraient vidé de sens et de réalité l'appartenance aux vieilles nations européennes. Une appartenance qui ne repose plus que sur les facilités et les délices (inégalement partagés) du marché unique, et ne cesse de se dissoudre dans le *« grand bain multiculturel »*. La liste des griefs, parfois soutenue par des exemples anecdotiques (comme celui de Greta Thunberg, obsessionnellement vilipendée par les intellectuels souverainistes…), est longue.

Par quel miracle la nation ferait-elle mieux que l'Europe ?

De tous ces maux, la nation, de nouveau ou davantage reconnue, pourrait-elle, comme le plaident Bourdin et d'Iribarne, nous défaire et offrir en même temps des espoirs de renouveau politique ? Il ne coûte jamais d'espérer, mais il faut bien le dire : nous sommes dans le domaine des hypothèses, d'autant plus que le spectacle des nations qui revendiquent leur souveraineté, en Europe ou ailleurs – nations illibérales ou « brexitées » – n'offre pas grand-chose d'exaltant ni de consistant, quand ce ne sont pas les nationalismes avec leurs violences diverses qui renaissent ici ou là. Fût-ce avec des nuances, la thèse de la *« ressource »* nationale pour l'avenir est aussi quelque peu biaisée du fait qu'elle est exposée en miroir des défauts et des défaillances de l'Europe, en reprenant comme acquis des points – sur l'accueil de l'islam, sur la forme de la laïcité… – qui restent pourtant largement sujets à controverses. Pour cette raison peut-être, même si la « défense et illustration » de la nation est menée avec une évidente maîtrise théorique du sujet, le lecteur n'arrive pas à se départir de cette question : sur presque tous les problèmes évoqués – citoyenneté en panne, individualisme triomphant, défiance politique généralisée, abstention grandissante aux élections, société du triomphe des droits, immigration, accueil et intégration déficients des étrangers, communautarisme et islamisme… –, par quel miracle la nation ferait-elle mieux que l'Europe, comment, à quel prix ? Et quel type de gouvernement aurait d'emblée et durablement la légitimité et la confiance du peuple simplement parce qu'il est national ? La chute rapide de Boris Johnson après le Brexit est édifiante sur ce point.

Réévaluer l'Europe et les nations à partir de la guerre d'Ukraine ?

Pur pressentiment : la nation souveraine, qui ne serait plus restreinte ni contrainte par le droit européen, pourrait certes assumer sa politique (par exemple, une laïcité plus restrictive, rebaptisée « printanière » et « républicaine », ou une fermeture plus grande à l'immigration) ; mais, sur ces lignes, pourrait-elle être autre chose qu'autoritaire ? Serait-elle meilleure « éducatrice politique », par exemple, que les démocraties fidèles aux traités européens ? Ce livre peine à sortir d'une défense idéologique du modèle de la nation avant l'Europe, et il aurait peut-être eu avantage à se construire à partir de la troisième partie, c'est-à-dire non pas en réfléchissant « en général » au sens et aux avantages de la nation opposée aux déficits de l'Europe, mais en se préoccupant centralement de la dialectique ou du compromis entre le particulier de la nation France et l'universel de l'Europe, c'est-à-dire aussi en revenant sur ce qui fait l'originalité de l'« empire Europe » par rapport aux autres empires qui se forment ou existent déjà.

L'Europe reste une confédération de nations (et non une fédération unifiée), une construction politique certes inaboutie, avec des faiblesses institutionnelles et constitutionnelles, mais dont on a aussi vu, pendant la crise de la Covid, qu'elle était capable de tenir sa place comme construction démocratique face au dictateur chinois et au despote russe, ou par comparaison avec les nations-empires que sont les États-Unis et le Brésil, livrées aux délires trumpistes et bolsonaresques. Et maintenant, face à l'impensable guerre d'Ukraine, cet empire européen faible est capable (avec le bouclier américain, certes) de résistance face à une dictature cynique, brutale, dangereuse pour la paix en Europe et dans le monde. Au fond, pour l'Europe comme pour la nation, c'est la force du négatif, des crises, de la violence et de la guerre, qui est fabricatrice d'identité – beaucoup plus que les avantages de toutes sortes, matériels et immatériels, qu'elle s'est donnés de 1945 à nos jours pour assurer son avenir.

Pour défendre la nation, encore faut-il partir de l'état réel des nations européennes sans passer trop vite, au titre de simples rappels, sur leur passé et leur présent nationalistes néfastes qui ne demandent qu'à resurgir et que des pouvoirs peu scrupuleux exploitent sans vergogne pour des causes peu honorables, en contournant l'État de droit autant que faire se peut. Un peu de sociologie et d'histoire actualisées de la nation seraient nécessaires, prenant en compte, bien sûr, la question de *« l'arrivée massive de populations extra-européennes »*, manifestement un, sinon le souci majeur des auteurs. Souci justifié, bien sûr, mais en fin de compte d'allure très défensive par rapport aux évolutions diverses du monde, qui doit s'attendre aussi désormais à des migrations d'origine climatique.

L'idée développée *in fine* d'un christianisme *« ressource spirituelle »* de la nation dans une Europe qui n'est plus chrétienne paraît séduisante, mais elle est bien fragile. Car la déculturation chrétienne, pas seulement dans les jeunes générations, est considérable en Europe, quelque tristesse qu'on en éprouve. Ce n'est pas « le christianisme », devenu transparent, qui pourrait être une ressource, mais des hommes et des femmes politiques chrétiens, capables de se porter encore dans la vie politique avec une foi solide, cultivée, fondée en raison, qui pourraient traduire le message chrétien dans des mots actuels (comme le demandait Jürgen Habermas) et exprimer l'idée que la nation est aussi le « lieu du pardon ». Mais où sont aujourd'hui, en France, ces femmes et ces hommes politiques chrétiens ?

La question qui se pose maintenant est de savoir si la guerre d'Ukraine – la guerre revenue en Europe – sera notre *« maître intérieur »*, pour parler comme Mounier, si elle peut changer la dialectique Europe/nation. Les changements risquent d'être faibles, à en juger par les réactions (et l'aveuglement politique) des souverainistes de droite et de gauche, sinon favorables à l'« opération spéciale » russe, du moins tentant de « comprendre » et de sauver le soldat Poutine (que beaucoup ont rencontré personnellement au cours des années récentes), à gauche au nom d'un anti-américanisme et d'un anticapitalisme viscéral, à droite au nom des valeurs traditionnelles défendues par la Russie poutinienne et d'intérêts financiers. Pour d'autres raisons encore (militaires, culturelles, artistiques), le parti pro-russe était et restera sans doute puissant en France[2]. Objectivement, la question est de savoir si le conflit activera la capacité démocratique et l'identité politique de l'Europe d'une part, sa puissance militaire d'autre part, c'est-à-dire bousculer quelque peu sa définition uniquement bureaucratique et économique[3]. Tout dépendra de ce que réserve encore un conflit à l'issue totalement incertaine.

Jean-Louis Schlegel
Sociologue des religions, il vient de publier, avec Danièle Hervieu-Léger, *Vers l'implosion ?* (Seuil, 2022).

2 - Voir à ce sujet le cahier réuni par Politique autrement : *Russie-Ukraine : passé présent*, novembre 2016, avec Françoise Thom, Alain Besançon, Philippe Raynaud et Paul Thibaud (notamment les textes de A. Besançon et de P. Raynaud).

3 - Voir Laurent Warlouzet, « L'Europe puissance relancée ? », *Études*, juillet-août 2022, p. 7-20. Voir aussi l'entretien avec Peter Sloterdijk dans *L'Écho*, 3 septembre 2022.

L'EXTRÊME DROITE AU CENTRE

Gilles Ivaldi

La séquence électorale de 2022 en France a marqué un tournant important dans l'histoire politique de l'extrême droite depuis 1945. Au premier tour, Marine Le Pen et Éric Zemmour ont réuni près d'un tiers des suffrages ; face à Emmanuel Macron, la candidate du Rassemblement national (RN) a établi un nouveau record pour son parti en totalisant 41,5 % des voix, représentant plus de 13 millions d'électrices et d'électeurs. Au-delà des facteurs économiques, culturels et politiques propres au cycle électoral qui vient de s'achever, cette nouvelle poussée de l'extrême droite hexagonale illustre plus largement certaines des évolutions à l'œuvre au sein du phénomène extrémiste contemporain en Europe et aux États-Unis.

Un mouvement global et hétérogène

Si la défaite de Donald Trump à l'élection présidentielle américaine de 2020 a pu laisser un temps entrevoir un reflux de l'extrême droite, la période actuelle semble au contraire témoigner de la vitalité électorale de ces mouvements : structurellement, l'extrême droite se nourrit des inquiétudes et des insécurités économiques, telles qu'elles s'expriment aujourd'hui dans de larges segments des électorats européens face à la flambée des prix et du coût de la vie, tandis que la guerre en Ukraine s'installe dans la durée. Tout au long de la pandémie, des partis tels que le RN français, l'Alternative pour l'Allemagne (AfD), le Parti de la liberté d'Autriche ou les Frères d'Italie (FdI) se sont faits les porte-voix de l'incompréhension, voire de la colère de nombreux citoyens face aux mesures sanitaires. À l'instar de Marine Le Pen en France, ces chantres de l'autorité, de la loi et de l'ordre se sont, pour l'occasion, volontiers mués en pourfendeurs de gouvernements accusés de mettre à mal la démocratie et de bafouer les libertés individuelles. En France, ce « retour de bâton » post-pandémie fut un des ressorts du vote anti-Macron au second tour de la présidentielle puis dans l'élection d'un groupe RN pléthorique de 89 députés à l'Assemblée en juin dernier[1].

Le succès de l'extrême droite hexagonale n'est pas un fait isolé. En Suède, le scrutin des législatives vient de consacrer le succès des Démocrates de Suède de Jimmie Åkesson. Chez nos voisins italiens, Giorgia Meloni, cheffe de file des anciens fascistes des FdI, est en passe de remporter les élections du 25 septembre. En Autriche ou en Belgique, les partis d'extrême droite restent en embuscade derrière les grands acteurs de gouvernement. En « milieu de tableau », on retrouve plusieurs formations d'extrême droite autour de 10-15 % des intentions de vote : l'AfD allemande, le Parti pour la liberté aux Pays-Bas, Vox en Espagne ou Chega d'André Ventura au Portugal. Plus à l'est, l'extrême droite a pris ses quartiers en Slovaquie et en Roumanie. En République tchèque, elle se mêle aujourd'hui à la protestation protéiforme contre le gouvernement pro-occidental de Petr Fiala, et le mouvement menace de s'étendre aux pays voisins. En Hongrie, le Fidesz a totalisé 54 % des voix aux législatives d'avril 2022, et conforté Viktor Orbán au pouvoir pour un quatrième mandat consécutif. En Pologne, le parti Droit et justice (PiS) de Jarosław Kaczyński continue de faire largement la course en tête avec 35 % des intentions de vote devant la Plateforme civique de Donald Tusk. Aux États-Unis, les *midterms* de novembre prochain diront si l'entreprise de Donald Trump de radicalisation du Parti républicain sera ou non couronnée de succès, au risque de voir le *Grand Old Party* (GOP) s'orienter un peu plus vers le pôle extrême du système politique américain.

1 - Voir Gilles Ivaldi, « Le vote Le Pen », dans Pascal Perrineau (sous la dir. de), *Le Vote clivé. Les élections présidentielle et législatives d'avril et mai 2022*, Fontaine/Grenoble, Presses universitaires de Grenoble/UGA Éditions, 2022 (à paraître).

Les élections françaises de 2022 ont également illustré la diversité de l'extrême droite contemporaine. S'ils se sont incontestablement retrouvés sur les thématiques traditionnelles de l'extrême droite – immigration, islam, autorité, souveraineté –, Marine Le Pen et Éric Zemmour ont affiché leurs divergences sur les questions socio-économiques et sociétales. Cette diversité de l'offre politique d'extrême droite en France fait écho à l'hétérogénéité du phénomène sur la scène globale. Cette extrême droite plurielle reste traversée par d'importantes lignes de clivages idéologiques et programmatiques : sur les questions économiques entre libéraux et néo-keynésiens ; sur les valeurs traditionnelles entre réactionnaires et pseudo-modernes ; ou sur les enjeux géopolitiques, au premier rang desquels la question délicate des relations avec la Russie de Vladimir Poutine, qui continue de diviser l'extrême droite européenne.

Une dangereuse normalisation

Enfin, les élections françaises de 2022 ont illustré le processus de normalisation de l'extrême droite contemporaine au cœur même des démocraties occidentales, et l'important travail d'image opéré par les mouvements d'extrême droite pour atteindre un équilibre stratégique entre une radicalité antisystème toujours mobilisatrice et la respectabilité et la crédibilité nécessaires à l'accès au pouvoir. À la « dédiabolisation » version Marine Le Pen – éleveuse de chats et mère célibataire – fait écho la stratégie de normalisation poursuivie depuis 2014 par Giorgia Meloni à la tête des Frères d'Italie pour tenter de prendre ses distances avec les accusations de sympathies néofascistes. La montée en puissance des Démocrates de Suède tient aussi à l'effacement progressif des racines du mouvement au sein de la galaxie néonazie.

En France comme ailleurs, ce travail cosmétique passe depuis plusieurs années par un recalibrage programmatique, notamment sur la question européenne. En 2022, Marine Le Pen a pris grand soin de masquer son programme européen, oubliant bien volontiers la sortie de l'euro ou le Frexit qui avaient dominé sa campagne de 2017 – sans pour autant abandonner le vieux projet du Front national d'une union des nations libres et indépendantes. On se souvient également du virage à 180 degrés de Matteo Salvini sur les questions européennes une fois au pouvoir en 2018. En Suède, Åkesson a appris des leçons du passé et abandonné l'idée d'une sortie de l'Union européenne pour se recentrer sur ses thèmes fétiches de l'immigration et de la sécurité, qui ont dominé l'ordre du jour des dernières législatives. La popularité actuelle de Meloni tient aussi à cette capacité de lisser le propos eurosceptique, pour mieux rassurer l'électorat conservateur et entrepreneurial qui constitue une base importante du pôle de droite autour de Silvio Berlusconi. Cette même modération de la tonalité traditionnellement anti-européenne de l'extrême droite a été visible en Autriche pendant les deux années du gouvernement Parti populaire autrichien – Parti de la liberté d'Autriche (ÖVP-FPÖ) emmené par Sebastian Kurz entre 2018 et 2019.

Les grands partis de droite classique se sont réappropriés beaucoup des thèses de l'extrême droite.

Le cas autrichien éclaire par ailleurs un second processus à l'œuvre : celui de la radicalisation des partis libéraux et conservateurs, et de la propagation croissante des thèmes et des idées de l'extrême droite dans l'espace public. En Europe, les grands partis de droite classique se sont réappropriés beaucoup des thèses de l'extrême droite, sur l'immigration ou l'identité. La droitisation des Républicains en France témoigne, si besoin était, de cette forte porosité idéologique. On en trouve trace en Autriche ou aux Pays-Bas. Cette pente est plus visible encore dans la dérive illibérale des conservateurs en Europe orientale – PiS polonais ou Fidesz hongrois – ou dans la lente glissade national-réactionnaire du Parti conservateur américain sous l'influence de Donald Trump et, plus profondément, de la myriade d'organisations et de militants réunis au sein du Tea Party. Plus encore, les idées de l'extrême droite ont pénétré la sphère médiatique – de CNews à Fox en passant par Breitbart, Blaze Media, *Compact* ou *L'Incorrect* – et se propagent désormais sur les réseaux sociaux.

Avec, en ligne de mire, la constitution d'un grand espace néoconservateur dont Zemmour en France et Meloni en Italie se veulent les instigateurs. La stratégie d'union des droites au sens large était au cœur du projet politique d'Éric Zemmour lors de la dernière présidentielle, rassemblant transfuges de Les Républicains, identitaires et activistes violents des Zouaves. Elle préside aujourd'hui à la recomposition de la droite transalpine de Silvio Berlusconi à Matteo Salvini sous l'égide des Frères d'Italie ; elle offre de nouvelles perspectives à des partis jusqu'ici marqués du sceau de l'extrême droite groupusculaire, à l'image des Démocrates de Suède, devenus fréquentables aux yeux des trois principaux partis du bloc bourgeois dans le royaume.

Au-delà de ce rapprochement avec les forces conservatrices, les frontières sont devenues plus floues aussi entre l'extrême droite institutionnelle – incarnée par les partis politiques établis tels que le RN ou les Frères d'Italie – et les multiples groupuscules qui constituent les « milieux » radicaux. On sait par exemple les liens entre Reconquête ! et la mouvance identitaire. En dépit de la volonté de Marine Le Pen de dédiaboliser sa formation, le RN n'a pas rompu les amarres avec l'extrême droite traditionnelle et ses militants historiques. En Allemagne, l'AfD s'est fortement rapprochée des activistes nationalistes anti-islam de Pegida. Aux États-Unis, les événements de Charlottesville et l'assaut du Capitole ont éclairé les liaisons dangereuses entre Trump, l'*establishment* du GOP et certains groupes ultranationalistes paramilitaires parmi lesquels les Proud Boys, Oath Keepers ou Patriot Prayer.

Les évolutions en cours laissent donc présager de nouveaux succès pour une famille politique apte à mobiliser toutes les formes de ressentiment, et dont on voit qu'elle a su par ailleurs procéder aux ajustements stratégiques et programmatiques nécessaires pour s'approcher un peu plus du pouvoir. L'expérience du RN en France, des Frères d'Italie, des Démocrates de Suède ou de la droite américaine nous ramène aussi à la persistance des fondamentaux idéologiques illibéraux d'une extrême droite qui, si elle continue d'avancer masquée, n'en constitue pas moins une menace pour l'équilibre des grandes démocraties contemporaines[2]. Et ce d'autant plus qu'elle y occupe désormais, à l'instar de la formation lepéniste dans l'Hexagone, une place centrale.

Gilles Ivaldi

Chargé de recherche CNRS au Cevipof (Sciences Po Paris), il est notamment l'auteur de *De Le Pen à Trump : le défi populiste* (Éditions de l'Université de Bruxelles, 2019).

2 - Voir Cas Mudde, "The far-right threat in the United States: A European perspective", *The ANNALS of the American Academy of Political and Social Science*, n° 699, 2022, p. 101-115.

QUELLES SANCTIONS POUR DONALD TRUMP ?

Anne Deysine

Donald Trump a tant violé la loi et la Constitution, durant son mandat et après sa défaite en novembre 2020, que ce ne sont pas les motifs d'enquête ou d'inculpation éventuelle par le ministère de la Justice qui manquent. Les auditions de la commission du 6 janvier, retransmises en vidéo, ont d'ailleurs attiré plusieurs millions de spectateurs. Mais si l'on compare la situation à celle de Nixon au moment du Watergate, l'environnement politico-juridique a été modifié en profondeur par deux facteurs qui pèsent tant sur les travaux de cette commission que sur la probabilité de suites judiciaires. L'émergence d'une chambre d'écho médiatique de droite (Fox News, One America ou News Max) d'abord, qui a convaincu plus de 50 % des Républicains que Trump a remporté l'élection de 2020. L'attitude du leadership républicain au Sénat et à la Chambre ensuite, toujours soumis à l'ancien président et refusant de dénoncer ses mensonges. Alors qu'au Sénat, en 1974, plusieurs Républicains s'apprêtaient à voter la destitution de Richard Nixon, la quasi-totalité des élus républicains ont jugé récemment qu'il n'y avait rien de répréhensible dans l'attitude de Trump, ni durant la première procédure (qui portait sur les pressions exercées sur le président ukrainien) ; ni durant la seconde, intentée pour incitation à l'insurrection (seuls sept sénateurs républicains sur cinquante ont alors voté la destitution). Et alors que les chefs de file républicains, Mitch McConnell et Lindsey Graham, avaient d'abord condamné l'attaque, le premier affirmant que Donald Trump était *« moralement et juridiquement responsable de l'insurrection »*, tous n'ont finalement pas voté la destitution. Depuis, ils cherchent à réécrire l'histoire.

Qui est responsable ?

Ce qui pose la question de l'impunité. Si l'on ne demande aucun compte à Trump, à ses avocats (Rudy Giuliani, Christina Bobb, John Eastman) ou à ses proches (Steve Bannon, Jeffrey Clark ou Mark Meadows), ni aux nombreux élus impliqués au niveau national et local dans la remise en cause des résultats électoraux, et que ceux-ci n'ont pas à supporter les conséquences de leurs actes, il y aura de nouvelles tentatives qui peut-être réussiront, en 2024 ou plus tard. D'où l'importance de rechercher leur responsabilité à la fois par la voie politique (le rapport de la commission d'enquête est attendu à l'automne) et par la voie judiciaire. La voie judiciaire est essentielle pour éviter ce qui s'est produit avec Richard Nixon : ce dernier avait démissionné, mais été gracié ensuite par Gerald Ford. Des réformes ont certes été adoptées pour éviter de nouvelles violations des lois électorales et de la Constitution[1], mais il est resté l'impunité.

Il est loin d'être évident que Donald Trump, ses proches ou des élus républicains au Congrès seront jamais poursuivis.

Les travaux de la commission spéciale sur le 6 janvier visent à établir que l'assaut sur le Capitole est le point culminant d'une campagne en plusieurs volets visant à maintenir Donald Trump au pouvoir malgré sa défaite et incluant des pressions exercées sur le ministère de la Justice, le vice-président, les élus et fonctionnaires des États afin qu'ils modifient les résultats électoraux, le tout accompagné d'une campagne orchestrée sur Twitter pour coordonner l'attaque du 6 janvier avec les groupes extrémistes de droite. Car il ne suffit pas de protéger physiquement l'enceinte du Capitole ni de poursuivre et de sanctionner les quelque 2 000 personnes qui l'ont pris d'assaut[2]. Il est essentiel de poursuivre aussi les vrais responsables, ceux qui ont colporté le mensonge de l'élection volée, ceux qui ont envoyé des listes de faux grands électeurs et ceux qui ont commencé à organiser le rassemblement du 6 janvier immédiatement après l'élection perdue. La commission et sa vice-présidente républicaine en particulier, Liz Cheney, envoient des messages forts au ministre de la Justice, Merrick Garland, pour l'inciter à poursuivre les manquements identifiés par la commission. Mais il est loin d'être évident que Donald Trump, ses proches ou des élus républicains au Congrès seront jamais poursuivis[3]. Pour que la mise en cause puisse déboucher sur une condamnation, le procureur doit apporter

1 - Le financement des élections a été réformé, et le Ethics in Government Act a créé des procureurs indépendants pour éviter les risques de limogeage, le « massacre du samedi soir ».

2 - À l'été, 855 personnes avaient été mises en cause, dont 325 ont plaidé coupable. D'autres ont plaidé non coupable, été jugées et condamnées à de lourdes peines de prison, ainsi 55 mois pour un membre du groupe des Oath Keepers et dix ans pour un ancien policier de New York.

3 - Plusieurs sections du Code des États-Unis prévoient des peines d'amende et de prison pour divers types d'obstruction. Les proches et les élus qui ont prononcé des discours enflammés le 6 janvier au matin pourraient sans doute être poursuivis sur ces fondements, ainsi que les 14 élus ou fonctionnaires impliqués dans l'envoi de listes de faux grands électeurs.

la preuve de l'intention « au-delà du doute raisonnable », une charge de la preuve difficile à atteindre. C'est donc une question d'opportunité politique : faut-il risquer des violences de la part des partisans de Trump, convaincus que leur héros a été privé d'une légitime victoire et qu'il est « victime de l'acharnement des extrémistes de gauche » ? Faut-il polariser un peu plus l'opinion sans faire changer d'avis un seul de ces partisans et saper ainsi le travail de réhabilitation effectué par Merrick Garland pour restaurer l'image d'un ministère de la Justice indépendant et de poursuites qui ne sont pas soumises aux pressions du président en titre ? Faut-il risquer une quasi-guerre civile ?

L'intégrité du processus électoral

Pour les auteurs d'une tribune dans le *Washington Post*, la réponse est claire. Ils recommandent au ministre de la Justice de procéder à des inculpations sur la base des violations les plus sérieuses, la conspiration séditieuse (18 U.S. Code 2384) et l'insurrection (18 U.S. Code 2383), plutôt que de s'intéresser au non-respect des dispositions concernant la préservation des archives présidentielles[4] ou même la subornation de témoins. Car si le pays ne peut faire en sorte que les responsables soient redevables de leurs crimes les plus graves, *« il ne faut pas s'attendre à ce que la démocratie représentative survive*[5] *»*. D'autant que le contexte est favorable aux atteintes au droit de vote. Depuis que la Cour suprême a donné son feu vert (dans l'arrêt *Shelby v. Holder* en 2013), les élus républicains dans la trentaine d'États fédérés qu'ils contrôlent ont adopté une panoplie de mesures qui permettent non seulement d'entraver le vote mais aussi de modifier les résultats de l'élection, en conférant la décision finale de proclamation des résultats, non plus à des fonctionnaires indépendants, mais à la législature de l'État – dont les membres sont à ce jour inféodés à Trump.

La démocratie a été sauvée de justesse en 2020 grâce au courage de quelques responsables électoraux, souvent républicains, qui ont refusé de céder aux pressions de Trump et de ses proches, dont Brad Raffensperger, sommé de « trouver 11 780 voix » en Géorgie afin de faire basculer les résultats[6], ainsi que Mike

4 - Ceci pourrait changer s'il est avéré que la sécurité nationale a été mise en danger et qu'il y a eu violation de la loi sur l'espionnage.

5 - Claire O. Finkelstein et Richard W. Painter, "If Trump is charged, it should be for the worst of his crimes", *The Washington Post*, 12 août 2022.

6 - Ces élus locaux, cibles de la vindicte de Trump, ont perdu les primaires et été remplacés par des loyalistes qui n'auront aucun scrupule à « trouver » des voix. Certains, lassés des menaces de mort permanentes, ont préféré quitter la politique.

Pence[7]. À défaut de voter une loi visant à protéger le droit de vote ou rétablir les dispositions anti-discrimination du Voting Rights Act de 1965, jugées inconstitutionnelles par la Cour suprême dans *Shelby*, ce qui est impossible en raison du blocage des Républicains au Sénat, il existe au Congrès un soutien bipartisan pour amender la loi Electoral Count Act, qui régit la proclamation des résultats de l'élection présidentielle, de façon à exiger des seuils plus élevés pour pouvoir contester les résultats et préciser que le rôle du ou de la vice-président(e) est purement cérémoniel et qu'il ne lui appartient pas de changer les résultats. Une proposition est en cours d'examen, mais le temps presse avant la fin de la session législative. Car l'issue des élections de mi-mandat est loin d'être certaine. Pourtant, si finalement et après le retournement des pronostics de perte de majorité depuis quelques semaines, les Démocrates parviennent à conserver la majorité à la Chambre et renforcent leur marge de manœuvre au Sénat, le Congrès pourra peut-être adopter les lois devenues indispensables pour protéger le suffrage universel, les droits et libertés et plus globalement les institutions démocratiques.

Anne Deysine

Juriste et américaniste, professeur des universités, elle a notamment publié *Les États-Unis et la démocratie* (L'Harmattan, 2019).

7 - Il revient au vice-président de certifier le compte des grands électeurs, et Mike Pence a refusé de modifier ce dernier comme Trump le lui demandait.

Il était une fois le travail social

Il était une fois le travail social

Introduction

Jonathan Chalier

La crise sanitaire liée à la pandémie de Covid-19 a permis de prendre conscience de la nécessité du travail social. Pourtant, elle n'a pas véritablement conduit à une plus grande reconnaissance des professionnels du secteur social, qui se sont sentis méprisés, « oubliés du Ségur de la santé », et se sont ainsi mobilisés à plusieurs reprises par des grèves et des manifestations. Recevant une délégation en décembre 2021, un représentant du ministère de la Santé et des Solidarités demande : *« En fait, le travail social, c'est quoi*[1] *? »* Dans son contexte, la question n'a pu être reçue que comme une offense. Elle est néanmoins symptomatique d'une méconnaissance du secteur social, en grande partie invisible parce que nous ne voulons pas le voir. Ce dossier pose la même question – qu'est-ce que le travail social ? –, avec l'espoir que les tentatives de réponse ici réunies rendent au travail social sa dignité.

Les travailleuses et travailleurs sociaux ont réussi à obtenir, à la suite de la conférence des métiers du travail social en février 2022, une revalorisation de 183 euros mensuels (cette dernière ne pourra bénéficier aux salariés des associations privées à but non lucratif qu'au terme de discussions entre syndicats et employeurs). Pourtant, elle ne suffit pas à compenser la perte d'attractivité du travail social et l'insuffisance des moyens des services, qui peinent à assurer la continuité de leur mission. En effet, dans un contexte économique difficile, marqué par la paupérisation et la précarisation d'une importante partie de la population, les besoins sont de plus en plus importants. Dans le même temps, les

1 - Propos rapportés par Sabrina El Mosselli, « Les salariés du médico-social dénoncent une nouvelle fois leurs conditions de travail », *Le Monde*, 2 février 2022.

contraintes budgétaires se font de plus en plus fortes. Des dispositifs d'aide multiples, incessamment modifiés, rendent l'action sociale illisible, hétérogène selon les départements et, parfois, impraticable. La dématérialisation de certaines procédures se fait souvent au détriment de l'accueil des personnes, contribuant à des situations de non-recours. De plus, les publics adoptent des comportements consuméristes. Cela creuse encore le fossé qui les sépare des institutions du fait de la logique de contrepartie à l'aide qui anime les politiques sociales récentes. Pourtant, les travailleuses et travailleurs sociaux considèrent que l'accueil des personnes et leur écoute bienveillante constituent le cœur de leur métier. Ils dénoncent le traitement des urgences et la logique gestionnaire des services sociaux comme faisant obstacle à un accompagnement de qualité. Ce n'est pas tant la valeur que le sens même de leur travail qui est en cause. Il n'est donc pas étonnant que les candidats manquent à l'appel[2]…

Les travailleuses et travailleurs sociaux considèrent que l'accueil des personnes et leur écoute bienveillante constituent le cœur de leur métier.

Dans le numéro historique de la revue *Esprit* d'avril-mai 1972, « Pourquoi le travail social ? », les coordinateurs du dossier identifient la société – ou plutôt *« ses franges, ses fondrières et ses oubliettes »* – comme la matière même du travail social. Représentant des normes (bourgeoises) de la société, les travailleurs sociaux, autrefois animés d'une « mission », mettent désormais leur « technique » au service des « inadaptés ». Les auxiliaires du soin médical et du droit ne sont pas soupçonnés de servir les classes dominantes ; au contraire, ils produisent *« une vie commune, des liens humains, des rêves et des volontés partagées »*. Mais les autres travailleurs sociaux, œuvrant dans la défense sociale et l'animation socioculturelle par exemple, sont critiqués pour leur fonction idéologique de contrôle social. En effet, *« si le productivisme reste notre loi commune, il continuera de défaire la société tout en faisant la politique, et le travail social ne sera jamais que son infirmerie, sa garderie, plus ou moins luxueuses, ornées de sourires et de fleurs – un travail social sans société[3] »*. À relire ces textes aujourd'hui, on se dit que

2 - Sur cette tendance à la fuite, voir Guillaume Le Blanc, « La société des exodes », *Esprit*, janvier-février 2022.

3 - Voir la conclusion collective du dossier, « Le travail social, c'est le corps social en travail », *Esprit*, avril-mai 1972, p. 808.

si la fête de Mai 68 avait en effet permis de *« goûter une nouvelle société »*, il n'en reste plus qu'une légère amertume.

Cette dernière est sensible dans le numéro de mars-avril 1998, réalisé après l'apparition d'une situation de chômage de masse, qui renverse la perspective en posant la question « À quoi sert le travail social ? » : *« ce qui fait problème aujourd'hui, ce n'est pas tant la fonction du travail social par rapport au système social que son utilité pour les usagers*[4] *»*. Ce que font alors émerger les nouveaux métiers du social que sont la médiation dans les quartiers urbains et l'insertion, c'est un nouvel impératif : *« Il faut produire la société*[5]*. »* Refusant l'alternative entre une gestion démunie de l'exclusion et l'exaltation des marges subversives, le dossier concluait à la nécessité d'une critique sociale adaptée au fait que la société ne va plus de soi : *« La visée est ici celle d'un travail social qui construit des médiations par la reconstitution d'acteurs et l'émergence d'institutions*[6]*. »*

Cette critique sociale, dont Guillaume Le Blanc propose ici l'archéologie, s'est depuis enrichie dans deux directions. D'une part, la remise en cause néolibérale de la solidarité sociale prend désormais une forme nationale-populiste, avec la condamnation de l'assistanat et la volonté d'exclure les étrangers de la protection sociale[7]. D'autre part, le travail social prend désormais mieux en considération la participation des usagers aux décisions qui les concernent. Comme l'écrit Stéphane Rullac : *« La dimension participative et collaborative plaide pour une co-construction de tous les savoirs parties prenantes du travail social : les savoirs scientifiques, professionnels et d'expertise d'usage*[8]*. »* Cette dimension confirme la fonction démocratique essentielle du travail social.

Dans ce contexte, la philosophe Fabienne Brugère invite à rompre avec l'assignation néolibérale à la responsabilité individuelle pour réparer les capacités des personnes, en prenant en considération leurs vulnérabilités singulières. Dans le cadre d'une enquête, des travailleuses et travailleurs sociaux font état d'un affaiblissement de l'ensemble de la profession,

4 - Jacques Donzelot et Joël Roman, « 1972-1998 : les nouvelles donnes du social », *Esprit*, mars-avril 1998, p. 8.

5 - *Ibid.*, p. 19. Cet impératif fait manifestement écho à celui que Michel Foucault avait identifié pour la biopolitique du XIXe siècle : voir M. Foucault, *« Il faut défendre la société ». Cours au Collège de France (1976)*, éd., sous la dir. de François Ewald et Alessandro Fontana, par Mauro Bertani et A. Fontana Paris, Seuil/Gallimard/EHESS, coll. « Hautes études », 1997.

6 - Esprit, « Trois scénarios », *Esprit*, mars-avril 1998, p. 266.

7 - Voir l'entretien avec Serge Paugam, « Participation, protection, relégation », *Esprit*, mai 2017.

8 - Stéphane Rullac, « Participer au travail social. Introduction », *Esprit*, juillet-août 2020, p. 115.

sous les coups de politiques publiques injustes, d'administrations qui ne respectent pas le droit et de directives contradictoires avec leur mission. Mais ils manifestent également leur attachement à la relation privilégiée avec les familles que le travail social autorise ainsi qu'à leur culture professionnelle, et proposent des moyens pour se mobiliser et améliorer la situation. Enfin, le sociologue Nicolas Duvoux souligne que les travailleuses et travailleurs sociaux apprennent à aller chercher leurs publics et à travailler de manière collective, assurant aux personnes un socle à partir duquel elles peuvent construire leur vie. Pour leur part, Nicolas Marquis et Fadoua Messaoudi se demandent ce que peut encore signifier, dans un contexte de valorisation de l'autonomie personnelle, le travail social. Ils observent qu'il s'agit d'augmenter le pouvoir d'agir de l'individu, à l'instar d'un coach ou d'un « tuteur de résilience », en favorisant certaines opportunités et en renforçant l'estime de soi de la personne accompagnée.

Il était une fois le travail social

Dans la revue *Esprit*

Guillaume Le Blanc

À un certain moment, le travail social s'est mis à exister comme une structure fondamentale de nos sociétés. Au point que nous avons du mal à imaginer que nous pourrions aujourd'hui nous en passer. Et pourtant, le travail social est d'invention récente. Il est même possible de le dater, tant il est apparu comme une technologie à même de résoudre les éléments les plus urgents de la question sociale[1]. Ainsi, le travail social n'aura pas toujours existé. Les premiers travailleurs sociaux sont des femmes : le métier d'assistante sociale est créé en 1938, dans l'ombre du catholicisme social dont il s'émancipe. Sous Vichy, il pénètre tous les secteurs (ruraux, hospitaliers, militaires…). Une loi de 1936 introduit des instituteurs au sein des maisons de redressement ; l'idée d'éducateur spécialisé est entérinée par le décret du 10 avril 1945. C'est cependant seulement dans les années 1960 que les différents métiers du social sont institués et qu'avec eux s'impose l'idée du travail social. En moins de trente ans, un pli interne à nos sociétés se forme, au point qu'il semble impossible de l'effacer[2].

Archéologie du travail social

L'archéologie du travail social est rapidement documentée par la revue *Esprit*, qui lui consacre en avril-mai 1972 un numéro double intitulé

1 - Voir Henri Pascal, *Histoire du travail social en France. De la fin du XIXe siècle à nos jours*, Rennes, Presses de l'EHESP, coll. « Politiques et interventions sociales », 2014.

2 - Jeannine Verdès-Leroux, *Le Travail social*, Paris, Les Éditions de Minuit, coll. « Le sens commun », 1978.

« Pourquoi le travail social ? » et dans lequel l'étonnement est total. On y relève d'emblée que le nombre de travailleurs sociaux a doublé en quelques années, passant de 35 000 à 70 000. Quel est donc ce travail que l'on appelle « social » ? En quel sens le social est-il au travail ? L'irruption de l'expression s'avère indissociable de la longue promotion du terme même de « social », que l'histoire de la sociologie n'a cessé de consacrer depuis Auguste Comte. Mais là où le « social » de la sociologie acquérait une autonomie et une consistance intrinsèque et creusait les conditions de son antériorité sur toute détermination individuelle, la précédant toujours de l'épaisseur impersonnelle des rapports sociaux, le travail social rappelle que le « social » ne va pas de soi et que cette antériorité de la société sur les individus est peut-être chimérique si l'on ne prend pas en considération les individus malmenés par le « social » et qui, dès lors, se présentent comme un danger pour lui. Sans doute, cette idée d'une médecine du social était implicitement présente dans la sociologie des rapports sociaux. Dès l'étonnement positiviste de Comte, la loi des trois états fait signe vers la nécessité d'accomplir la société positiviste et le philosophe tend à se présenter comme le médecin du corps social. Seulement, il y a loin entre ce projet sociologique d'une médecine philosophique du corps social et l'action thérapeutique au quotidien de réparation du social que vient incarner, parfois à ses dépens, le travailleur social.

L'enquête à laquelle s'attelle la revue *Esprit* pour ce dossier de 1972, sous la forme d'un questionnaire envoyé à plus de deux cents travailleurs sociaux, fait apparaître un *« malaise »* congénital dans le travail social. Celui-ci est écartelé entre plusieurs significations qui sont d'emblée contenues dans la première de couverture de la revue sous la forme d'une interpellation : *« Souhaitez-vous être animés socio-culturellement, assistés socialement, éduqués spécialement, conseillés conjugalement ? Vos enfants sont-ils vaccinés ? Votre budget est-il rationnel ? Êtes-vous autonomes ? Les travailleurs sociaux ont ainsi mission de vous prendre en charge. »* Sous ce flux de questions, un étonnement se relève concernant le périmètre du travail social. Le fil directeur du dossier porte sur l'inadaptation, présumée ou réelle, des individus à la société. C'est elle que repère et soigne le travail social : *« Par travail social, nous entendons d'abord toute action organisée qui vise à réduire une inadaptation quelconque ou qui est préventive de l'inadaptation d'un individu ou d'un groupe*[3]. »

Dans une table ronde interne à ce dossier, mêlant notamment Michel Foucault, Jacques Donzelot, Philippe Meyer, Paul Virilio et Jean-Marie Domenach, l'impératif ré-adaptatif du travail social est posé au regard de l'existence des indésirables : que faisons-nous d'eux ? Foucault s'étonne que les sociétés capitalistes ne soient pas parvenues à résoudre le problème des surnuméraires par la pratique de l'enfermement : *« Si on classait les sociétés selon la manière dont elles se débarrassent non pas de leurs morts mais de leurs vivants, on aurait une classification en sociétés massacrantes ou sociétés à meurtre rituel, sociétés à exil, sociétés à réparation, sociétés à enfermement... Que la société capitaliste soit une société à enfermement, je crois que c'est un constat que l'on a vraiment du mal à expliquer... Tout cela est inscrit dans la pratique même de l'enfermement*[4]. » S'il y a du travail social, c'est qu'enfermer, qui s'était avéré nécessaire dans l'ordre capitalistique, n'a pas réussi à tenir toutes ses promesses. Les marginaux d'aujourd'hui, qui vivent à l'air libre, sont la population cible du travail social. Ce dernier acquiert la fonction de contrôle social hors enfermement ; il est une façon de réguler un danger social toujours permanent. *« Ce dont le capitalisme a peur, à tort ou à raison, depuis 89, depuis 48, depuis 70, c'est de la sédition, de l'émeute, les gars qui descendent dans la rue avec leurs couteaux et leurs fusils, qui sont prêts à l'action directe et violente. La bourgeoisie a été hantée par cette vision et elle veut signifier au prolétariat que ceci n'est plus possible : "Ces gens qui sont prêts à servir de fer de lance à vos séditions, il n'est pas possible, dans votre propre intérêt, que vous fassiez alliance avec eux*[5]*." »* La question qui agite la table ronde est ainsi : le travail social est-il une prison à ciel ouvert ? Un art de ne pas enfermer, mais de contrôler et de veiller à ce que les indésirables ne soient pas un danger pour la société ? Le travail social est-il là pour remettre les individus dans la norme ou peut-il, le cas échéant, introduire plus de plasticité ? En 1972, la question de la nécessité vitale de la réinvention de la société, posée par Mai 68, est brutalement remplacée par celle de la réparation : les travailleurs sociaux sont emportés dans la spirale de la rustine.

L'enquête d'*Esprit* participe cependant aussi de la volonté de faire parler directement les personnes concernées, à l'instar de la création du Groupe

3 - « Table ronde », *Esprit*, avril-mai 1972, « Pourquoi le travail social ? », p. 547.
4 - *Ibid.*, p. 681.
5 - *Ibid.*, p. 698.

d'information sur les prisons en 1971, précisément par Michel Foucault et Jean-Marie Domenach. L'idée est de faire parler les personnes qui n'ont pas voix au chapitre. Entre l'asile et la prison surgit la nécessité de réadapter des individus malmenés par les normes, dans un contexte capitalistique où l'enjeu est de s'assurer que toutes les vies sont productives. Il s'agit de remettre des individus dans le milieu social qui les a malmenés.

Progressivement, naît l'idée que le travail social doit faire exister le social indépendamment de l'économique : *« Entre la production et la population, un fossé se creuse, un nouveau terrain de débat et de conflit apparaît, l'issue peut être aussi bien plus de contrôle que plus d'autonomie*[6]. » Comment faire exister la société indépendamment de l'économie ? Si la société est emportée par l'économie, elle existe par la pression du travail, mais si ce n'est plus le cas, il se crée de plus en plus d'individus qui ne sont plus tenus par la société car ils ne sont plus cadrés par l'économique[7]. La réflexion sur le travail social s'avère indissociable d'une réflexion sur le mode d'existence de la société : la réparer ou l'animer. C'est le début d'une réflexion sur la manière d'animer les quartiers, les banlieues, les grands ensembles urbains. Le travailleur social est soit un assistant, soit un animateur.

Dans ce contexte, le travail social est-il au service de l'autonomie de l'individu ou bien une prothèse supplémentaire, qui vient rendre l'individu dépendant de ce travail social ? Paul Virilio remarque : *« Nous ne pouvons plus nous animer et nous créer nous-mêmes… On fait comme si la société ne se créait pas, était traitée de l'extérieur*[8]. » Le social peut-il s'auto-instituer sans une médecine du corps social ? Le soupçon est porté sur le fait que le travail social est une orthopédie du corps social, une remise dans la norme, une façon d'écarter une créativité interne qui serait celle de ses individus. On peut ici penser à *« l'institution imaginaire de la société »* de Castoriadis[9]. On est dans une société où les rapports de pouvoir sont partout, société disciplinaire où il s'agit de surveiller et de corriger, de punir ou de pédagogiser. Dans ce contexte, les travailleurs sociaux sont soupçonnés d'exercer une fonction para-policière de surveillance du corps social. C'est le premier moment, dans l'histoire du traitement

6 - *Ibid.*, p. 688.
7 - *Ibid.*
8 - *Ibid.*, p. 694-695.
9 - Cornelius Castoriadis, *L'Institution imaginaire de la société*, Paris, Seuil, 1975

social, où la question de l'intervention sociale est doublée d'un soupçon sur sa possible mise au service d'un appareil disciplinaire.

Le fil rouge de l'entretien est cette relation instable entre le judiciaire et la clinique : faut-il situer le travail social comme un complément de l'ordre judiciaire ou voir en lui l'émergence d'une fonction psy ? Foucault dira plus tard que la fonction psy a tout envahi, comme si, pour appliquer l'ordre judiciaire, il fallait doubler l'enfermement d'une justification psychologique[10]. On a l'impression, à lire la table ronde, que cette question de la justification psychologique est devenue centrale pour les individus malmenés dans le travail.

Refaire société ?

En 1998, le monde et la représentation du travail social ont changé. Sous l'instigation du sociologue Jacques Donzelot, la revue *Esprit* consacre un second dossier au travail social sous le titre : « À quoi sert le travail social ? » L'interrogation porte désormais sur la fonction du travail social à l'âge de la précarité, du chômage et de l'insertion.

Dans l'article d'ouverture, intitulé « 1972-1988 : les nouvelles donnes du social », Jacques Donzelot et Joël Roman expliquent que les mutations du travail social sont liées aux transformations profondes de la société. La rédaction de ce dossier se veut un adieu aux dénonciations d'un capitalisme agressif, insérant les travailleurs sociaux comme ses agents zélés pour maintenir à flot les classes populaires et éviter qu'elles ne deviennent dangereuses : *« Le travail social se trouvait alors critiqué comme appelé à servir de nouvelles formes de contrôle social plus sophistiquées que celles, policières ou paternalistes, qui avaient cours au siècle précédent*[11]. *»* Cette critique de la critique du travail social est certainement à inscrire, dans l'histoire de la revue *Esprit*, comme un moment de problématisation de ce que « faire société » signifie. On y reconnaîtra, pour les uns, l'émergence utopique d'un modèle libéral, pour les autres, la rémanence d'un effacement de la domination capitaliste. Mais l'essentiel, dans le cas présent, est qu'en

10 - Voir Michel Foucault, *Le Pouvoir psychiatrique. Cours au Collège de France (1973-1974)*, éd., sous la dir. de François Ewald et Alessandro Fontana, par Jacques Lagrange, Paris, Seuil/Gallimard/EHESS, coll. « Hautes études », 2003.

11 - Jacques Donzelot et Joël Roman, « 1972-1988 : les nouvelles donnes du social », *Esprit*, mars-avril 1998, « À quoi sert le travail social ? », p. 7.

tournant le dos à une telle critique, les auteurs entendent montrer que la fonction du travailleur social a radicalement changé. Là où sa misère et sa grandeur provenaient, dans les années 1970, de sa double (in)capacité à déborder les frontières du normal et de l'anormal en essayant d'endiguer la violence de l'ordre social, quitte à le reproduire, il est désormais soupçonné de ne servir à rien. Là où son héroïsme pouvait être lié à son rôle de perturbateur de l'ordre social, même s'il s'y insérait à ses dépens, il est désormais vécu comme un administrateur des aides sociales, qui inscrit leurs bénéficiaires dans des catégories administratives toujours plus fines. Le travailleur social cesse d'être un militant du social désireux, en période de croissance, d'assouplir la norme en direction de la marge, en offrant *« un répit à ceux que rebutait l'ordre du travail*[12] *»*. Il est désormais, en période de précarité et de chômage, un technicien des surfaces du social, qui vérifie la bonne distribution des aides sociales, quitte à paraître un contrôleur tatillon aux yeux de celles et de ceux qu'il assiste.

Ce nouveau *« malaise »* correspond à une pluralisation des métiers du social, qui semblent essaimer partout où il est question de la nécessité d'insérer des populations malmenées par les normes dans les lieux du social : travail, quartiers, banlieues. La crise du travail social est donc associée à l'émergence d'un nouveau sens du social, comme cette forme de vie indispensable à la société des individus. Dans ce contexte, les mots d'insertion et d'intégration acquièrent une portée renouvelée par le drame du travail, qui touche toujours plus de personnes et dont l'inégale distribution précipite de façon durable un nombre considérable de personnes dans le chômage. Le travail social est à la fois mis en crise par les nouveaux métiers du social et, en même temps, se laisse redéfinir partiellement par eux : il s'agit moins de desserrer l'ordre social pour permettre aux individus qui veulent y échapper de vivre une vie à la marge que de réinsérer tous les individus troublés par l'ordre social en veillant à ce que leur intégration rende à nouveau possible le « contrat social ».

En 1972, c'est le travail social que l'on interroge, alors qu'en 1988, c'est la fonction du travailleur social. Les travailleurs sociaux sont moins les garants des parcours individuels malmenés par les normes que des techniciens qui veillent à la qualité de l'insertion des minorités instables : *« Leur mission est devenue l'apanage de ceux qui arrivent à faire tenir ensemble les*

12 - *Ibid.*, p. 9.

fragments épars du tissu social, à le rapiécer avec les ressources de l'écoute, la force du verbe et l'astuce de micro-initiatives[13]. » Aux yeux des deux auteurs, un changement de paradigme s'accomplit. La société existait comme un bloc compact et dominateur dans les années 1970 ; traversée par la violence du capitalisme, elle pouvait sembler toujours plus arrogante et totale. La voilà soudainement fragile au point que son mode d'existence n'est plus du tout assuré. Dans cette perspective, le travailleur social, par-delà ses cibles habituelles, a vocation à refaire société : *« Le problème de ces nouveaux professionnels n'est plus de dénoncer la société mais de la produire*[14]. »

Émerge alors, dans la pratique, une nouvelle problématique, qui est moins la dénonciation du contrôle social que celle de son inadaptation. En effet, le contrôle social est de plus en plus inopérant pour réduire les poches de social disloqué, notamment les précaires et les chômeurs. Revenant sur l'histoire du terme « social », les deux auteurs soulignent qu'il a été, dès la fin du XIXe siècle, un *« principe correcteur de l'économique*[15] *»* et a permis d'assurer la victoire de la démocratie contre les désordres économiques engendrés par le capitalisme. Cette idée que le social est une protection n'a cessé de buter sur l'engendrement massif d'asociaux, rejetés toujours plus violemment par l'ordre social et regroupés dans de vastes zones urbaines. L'exclusion systémique d'une partie grandissante de la population par la production a alors sonné le glas de la fonction protectrice du social, au point que c'est désormais la qualité même du social, sa capacité à faire système et monde commun, qui est en cause.

Le résultat de ces métamorphoses successives du social est l'euphémisation toujours plus grande du terme de social, dont l'article porte la trace et qu'il revendique sous l'expression de *« lien social »*. Que les rapports sociaux, avec leur dimension d'antagonisme de classe, soient devenus des « liens sociaux » laisse songeur si l'on pense à l'histoire de l'épistémologie du social, qui en rend possibles les diverses formulations dans une théorisation générale de la société toujours plus attentive aux trajectoires et parcours des individus, au détriment des structures sociales. Si le social n'est plus que du lien, sans doute faut-il s'assurer qu'il ne soit pas trop abîmé par

Le travailleur social était l'homme des asociaux ; il est devenu le réparateur du social.

13 - *Ibid.*
14 - *Ibid.*, p. 10.
15 - *Ibid.*, p. 21.

ceux qui pourraient le compromettre. C'est ainsi que le travailleur social devient le technicien qui veille à la qualité de ce lien. Il était l'homme des asociaux ; il est devenu le réparateur du social.

Vers une société du soin

Sans doute vivons-nous un troisième moment de problématisation du social. Là où le social était structure de domination ou lien social, le voici désormais repensé en fonction de la partition production/soin. Si l'on voulait esquisser une histoire du travail social, il faudrait s'interroger non seulement sur le deuxième moment du chômage et de l'exclusion dans les années 1980, mais aussi sur l'émergence d'un troisième moment, caractérisé par une remise en question sans précédent du terme de social, accusé de compromettre tous les écosystèmes de vie dans la perspective de l'anthropocène. Aujourd'hui, la crise désigne non seulement la crise sociale, mais aussi la crise environnementale et sanitaire. La fonction du soin est repensée à partir de la nature vulnérable et de l'individu dépendant : il ne s'agit plus de promouvoir l'individu souverain, mais de reconnaître ses fragilités. Nous n'existons que par les relations de soin, qui peuvent certes se transformer en relations de violence, quand elles sont absentes ou mal pratiquées, mais dont la valeur est désormais centrale. L'émergence d'une « société du *care* », plutôt que d'une *« société du risque*[16] *»*, appelle un renversement sans équivalent, dont nous avons éprouvé la nécessité durant les périodes de confinement, mais qui s'estompe déjà. Il n'empêche : la valeur du *care* redéfinit structurellement les contours du travail social[17].

Cette transformation s'accompagne d'une crise inédite du « social » lui-même. Ce dernier est vidé de toute sa consistance ontologique par le fait qu'il est accusé de précipiter les hommes dans l'anthropocène. À cette crise durable du social s'ajoute une crise du sujet social. De plus en plus nombreux, les asociaux d'aujourd'hui ne sont plus tenus, ni par les frontières des souverainetés nationales, ni par l'impératif de la mise au travail. Ce sont les migrants, privés de nation, demandeurs de refuge, que

16 - Voir Joan Tronto, *Le risque ou le* care *?*, trad. par Fabienne Brugère, Paris, Presses universitaires de France, 2012.
17 - Voir l'article de F. Brugère dans ce dossier.

l'on essaie de rendre invisibles et pour qui se reconstituent des archipels carcéraux. Mais ce sont presque tous les individus qui fuient, depuis la crise, l'obligation de revenir au travail et essaient de contourner cet impératif. Peut-être est-ce là la grande panique qui se profile : tout le monde est potentiellement un asocial ou un antisocial, éprouvant l'envie de sortir d'un système qui précipite les formes de vie dans l'effondrement[18]. Comprendre le monde qui vient, c'est donc inverser les rapports entre soin et production. Au cours de la crise sanitaire, il est apparu que les premiers de corvée sont le centre à partir duquel le social peut tenir. Il faut donc penser la dimension restauratrice, réparatrice et utopique du soin comme une alternative à la production. Nous tenons parce que des gens tiennent à nous, établissent des relations de soin et font advenir un monde sans prédation. Ce monde est principalement porté aujourd'hui par des collectifs et mouvements écologistes et écoféministes, qui envisagent la redistribution des tâches de soin comme un nouvel usage du monde face aux violences du néolibéralisme[19].

18 - Voir Guillaume Le Blanc, « La société des exodes », *Esprit*, janvier-février 2022, « L'amour des marges. Autour de Michel de Certeau ».

19 - Voir F. Brugère et G. Le Blanc, *Le Peuple des femmes. Un tour du monde féministe*, Paris, Flammarion, 2022.

Réparer les capacités

Éthique du *care* et travail social

Fabienne Brugère

Comment le concept de *care*, qui désigne des pratiques de soin assez peu normatives, peut-il être utile pour penser le travail social, régi par des cadres généralement normatifs ? Au moment où les États transfèrent de plus en plus de responsabilités aux individus dans la conduite de leur vie, y a-t-il une place pour un *social care*, un « prendre soin » des plus vulnérables assumé par la collectivité ? Les éthiques du *care*, en particulier dans leur réception française, croisent l'éthique avec les politiques publiques, la conception d'un État social, la représentation territoriale de la solidarité (avec le rôle des conseils départementaux en France), le dynamisme du tissu associatif et les mouvements sociaux (en particulier féministes, mais aussi ceux qui articulent le social et l'écologie).

La pertinence de l'outil *care* dans le domaine du travail social a pour préalable une conception de l'individu relationnel, une critique du modèle de l'individu entrepreneur et souverain. C'est une fiction idéologiquement dangereuse de croire que l'individu tient tout seul et se fait lui-même : il a en réalité besoin de soutiens pour se réaliser. Le *care* propose des opérateurs de soutien face aux épreuves de vulnérabilité vitale, socio-économique ou écologique traversées par les individus. Il s'intéresse au travail social avec la visée de mieux prendre en charge les situations de vulnérabilité, en s'intéressant aux capacités des individus.

Le care

Le *care* concerne, de manière élémentaire, l'attention aux autres, le souci des autres, et a surgi dans le cadre d'une éthique *(care ethics)*, puis d'une politique *(care politics)*, devenues prégnantes depuis la pandémie de Covid-19, laquelle révèle et amplifie des mutations à mener[1]. Si, avant la pandémie, l'analyse restait ancrée du côté d'un positionnement éthique, les interventions prennent davantage en compte aujourd'hui la nécessité d'une politique du *care* comme redistribution et reconnaissance, concernant par exemple le soutien aux activités dites de « première ligne », accomplies en majorité par des femmes[2].

Le *care* s'est développé dans différents cadres : la santé, le médico-social, le féminisme, l'éducation, le travail social et désormais le réchauffement climatique ou la lutte en faveur de la biodiversité. Le terme vient de l'horizon anglo-américain, où l'on sépare le domaine du *care* de celui du *cure*. Le *cure* renvoie au soin curatif, à la perspective du retour à une santé perdue après l'ébranlement que peut constituer l'entrée dans la maladie. Le *care* est lié à la vie ordinaire (comme lorsque l'on dit *take care of you*). Le *cure* vise la guérison ; le *care* vise la relation éthique et politique, et élabore une responsabilité collective pour lutter contre les relations de domination. La perspective philosophique du « souci » *(to care about)* est la sienne, ce qui lui donne la profondeur de l'inquiétude et inclut la sphère des sentiments dans l'élaboration d'une rationalité.

Le *care* ne préfigure pas seulement la question des relations. Il l'associe à une problématisation féministe qui se définit comme celle de l'éthique du *care*. Carol Gilligan, la première, explique, à partir de différents entretiens réalisés pendant dix ans, qu'en général, ces relations de soin, dans leur dimension de *care*, sont accomplies par des femmes[3]. Elle établit que le *care* s'articule à l'image de la supposée nature soignante des femmes, poussée par la symbolique de la « maternité » : « par nature », les femmes « prendraient soin » et, par principe, des plus vulnérables. L'assignation des femmes aux métiers du soin est liée à l'idée que les femmes seraient plus « aptes à l'empathie » que les hommes, dans une perspective qui peut aller jusqu'au sacrifice de soi. Dès le départ, le soin et la vulnérabilité

1 - Voir Marie Gaille et Philippe Terral (sous la dir. de), *Pandémie. Un fait social total*, Paris, CNRS Éditions, 2021. Voir aussi Deva Woodly *et al.*, "The politics of care", *Contemporary Political Theory*, vol. 20, nº 4, 2021, p. 890-925.

2 - Voir Sandra Laugier et Najat Vallaud-Belkacem, *La Société des vulnérables. Leçons féministes d'une crise*, Paris, Gallimard, coll. « Tracts », 2020.

3 - Voir Carol Gilligan, *Une voix différente. La morale a-t-elle un sexe ?* [1982], trad. Annick Kwiatek revue par Vanessa Nurock, introduction de S. Laugier et Patricia Paperman, précédé d'un entretien avec Fabienne Brugère, Paris, Flammarion, 2019.

tissent un lien très fin pour l'identification de relations fréquemment invisibilisées socialement, mal ou non rémunérées. Mais Carol Gilligan montre qu'il s'agit là d'une éthique, globalement empêchée dans nos sociétés individualistes qui privilégient la distance à l'égard des autres. Elle mentionne l'héritage de la morale kantienne, avec l'individu autonome et contractant, qui apparaît dans la *Théorie de la justice* (1971) de John Rawls. Dès leur conception, les éthiques du *care* ont pour cible cette morale de l'individu autonome ; elles tendent à soutenir la revalorisation du soin mutuel tout en dénonçant l'oppression des femmes par les pratiques de soin. Carol Gilligan déplace un certain nombre de partages théoriques : entre la raison et les sentiments (les deux peuvent coexister et déployer une rationalité qui n'est ni abstraction, ni calcul), le public et le privé (le privé est politique), les principes et les situations (face aux « dilemmes moraux », partir des situations puis remonter vers les principes, comme le fait l'éthique médicale, évite d'appliquer des principes inadéquats aux formes de vie réelles). En définitive, le *care* dénonce des formes patriarcales dans la morale et promeut une philosophie empiriste.

Alice Le Goff et Marie Garrau déplacent le curseur de la réflexion depuis le *care* vers la question de la dépendance pour mieux appliquer les principes de justice dans toutes les sphères de vie[4]. L'une des premières à avoir pensé le *care* du point de vue de la dépendance est Eva Feder Kittay qui part d'une expérience concrète et vécue – celle d'être la mère d'une enfant handicapée mentale – pour questionner l'autonomie qui, prise comme un ensemble d'injonctions, ne permet ni de prendre en compte les expériences de la dépendance, ni d'aider à la prise en charge[5]. Il s'agit de critiquer l'hégémonie des relations contractuelles analysées par des philosophies politiques de la modernité, lesquelles, séparant espaces public et privé, placent les métiers du « prendre soin » du côté d'une sphère des sentiments féminisée[6]. La prise en charge de la dépendance nécessite des compétences spécifiques qui mettent en jeu des besoins, relèvent d'un engagement collectif en faveur d'une égalité concrète des individus et ne peuvent qu'élargir la sphère des droits.

4 - Marie Garrau et Alice Le Goff, Care, *justice et dépendance. Introduction aux éthiques du* care, Paris, Presses universitaires de France, 2010.

5 - Eva Feder Kittay, *Love's Labor: Essays on Women, Equality and Dependency*, New York/Londres, Routledge, 1999.

6 - En France, dans les métiers du social, près de 9 personnes sur 10 sont des femmes.

Certes, le *care* définit les individus par leur vulnérabilité, ce qui comprend la prise en compte circonstanciée de la dépendance. Mais la vulnérabilité n'est pas l'affaire exclusive d'un groupe social, plutôt de tout un chacun : nous sommes toutes et tous plus ou moins vulnérables, ce que l'expérience de la pandémie a confirmé. Les éthiques du *care* prennent leur distance avec l'idéal d'autonomie morale, souvent transformé en injonction, pour donner une définition vécue de l'autonomie avec les accidents de vie et les situations de vulnérabilité ou de grande dépendance des individus. Selon Joan Tronto, *« au cours de notre vie, chacun de nous passe par des degrés variables de dépendance et d'indépendance, d'autonomie et de vulnérabilité*[7] *»*. L'autonomie s'avère alors un processus d'existence complexe qui inclut des chaînes de soin, ne serait-ce qu'en début et en fin de vie. Non seulement les individus sont dépendants les uns des autres, mais ils doivent élaborer une interdépendance qui évite les abus de pouvoir, les violences et la stigmatisation des différences.

Care et travail social

Le *care* ne peut pas uniquement s'envisager avec les mots de précarité ou de pauvreté ; son ancrage anthropologique met en jeu d'autres formes de vulnérabilité, vitale ou écologique. Ainsi, il analyse les cumuls de handicaps : par exemple, femme, pauvre, habitante d'un pays du Sud, soumise à une catastrophe climatique. La deuxième difficulté est l'agencement de l'éthique et de la politique : comment construire une politique du *care* dans le domaine du travail social ? Comment faire progresser la reconnaissance institutionnelle du *care* sans lui faire perdre sa charge critique, en particulier féministe et anticapitaliste ? Ainsi, Nancy Fraser et Joan Tronto déterminent un cadre pour des politiques du *care* afin de mettre fin au capitalisme patriarcal comme modèle financiarisé et mondial[8] ou pour mettre à mal des politiques ancrées dans le modèle de l'individu performant et dans une soumission de toutes les sphères de

7 - Joan C. Tronto, *Un monde vulnérable. Pour une politique du* care [1993], trad. par Hervé Maury, préface de Liane Mozère, Paris, La Découverte, 2009, p. 182.

8 - Voir entretien avec Nancy Fraser, "Capitalism's crisis of care", *Dissent*, vol. 63, nº 4, automne 2016, p. 30-37. Voir aussi N. Fraser, « Crise du *care* ? Paradoxes socio-reproductifs du capitalisme contemporain », dans Tithi Bhattacharya (sous la dir. de), *Avant 8 heures, après 17 heures. Capitalisme et reproduction sociale*, Toulouse, Blast, 2020.

vie au marché[9]. Comment garder cette perspective d'un changement de modèle de société qui repose sur un juste *care* ?

Cela suppose de donner des contours au « prendre soin » des plus vulnérables. Joan Tronto évoque alors la résurgence de la solidarité, telle qu'elle fut pratiquée par la classe ouvrière dans la première moitié du xxe siècle. Selon elle, c'est à ce moment de l'histoire de l'Europe du Nord que les systèmes de sécurité sociale, d'aide au revenu, de droits sociaux et de soins de santé ont été créés[10]. Aujourd'hui, nous expérimentons une crise de l'État social et il devient difficile d'envisager des politiques d'inclusion. Comment imaginer un nouvel État social, avec une nouvelle définition des droits sociaux et de nouvelles pratiques de soutien ? Se tourner vers de telles politiques, avec une visibilité des situations de dépendance et de différence par rapport aux normes sociales dominantes, suppose de modifier en profondeur le travail social[11] et d'introduire la voix des plus vulnérables dans le lien social, avec pour préalable des dispositifs d'écoute.

Le travail social est censé protéger les individus de la marginalisation, principalement en améliorant leur bien-être. Par ces activités, on prend soin d'adultes, d'enfants ou de familles entières. On agit en leur nom lorsqu'ils ne peuvent pas ou plus se prendre en charge, ou lorsqu'ils ne bénéficient pas de conditions de vie décentes. Prendre soin, assister, soutenir sont des actions qui visent à exprimer une attention, à favoriser un retour dans le monde social pour des individus qui s'en éloignent à leurs dépens, jusqu'à menacer leur survie.

Une réflexion sur l'utilité du *care* dans le travail social ne peut faire l'économie de la question suivante : *« Le* care *est-il institutionnalisable*[12] *? »* En effet, poser la question de l'introduction du *care* dans les politiques sociales, en particulier celles de lutte contre l'exclusion, se fait souvent au prix d'un double mouvement. D'une part, ses prétentions éthiques sont limitées, tant la distance est grande entre le travailleur social et le

9 - Voir J. Tronto, *Caring Democracy: Market, Equality, and Justice*, New York, New York University Press, 2013.

10 - Voir J. Tronto, "There is an alternative: *Homines curans* and the limits of neoliberalism", *International Journal of Care and Caring*, vol. 1, n° 1, 2017, p. 27-43.

11 - Voir F. Brugère, *La Politique de l'individu*, Paris, Seuil, coll. « La République des idées », 2013.

12 - Luca Pattaroni, « Le *care* est-il institutionnalisable ? Quand la politique du *care* émousse son éthique », dans S. Laugier et P. Paperman (sous la dir. de), *Raisons pratiques*, n° 16, « Le souci des autres. Éthique et politique du *care* », 2006.

bénéficiaire d'une aide sociale : comment ne pas s'arroger, au nom de dispositifs d'État, une parole qui permet de définir soi-même les besoins des plus pauvres, besoins déjà exprimés par les politiques elles-mêmes ? D'autre part, les discours de responsabilisation des individus nous poussent à dire que toute personne est responsable de son propre sort.

Je défends un État social habité par les éthiques du *care*, en rupture avec l'assignation néolibérale à la responsabilité individuelle qui participe d'un renforcement criant des inégalités[13]. Le but est de penser des politiques sociales qui portent la construction ou la réparation des capacités propres à un individu ou à un groupe social. Réparer n'est pas un mot d'ordre conservateur. Cela suppose beaucoup de volonté politique pour réduire les inégalités et un travail sur la mémoire collective des oppressions.

Aujourd'hui, la marque du néolibéralisme dans le travail social tient dans des « institutions maltraitantes », selon les voix des professionnels eux-mêmes. Lizzie Ward analyse la crise du travail social au Royaume-Uni dans un contexte d'austérité budgétaire, alors que la pauvreté et la vulnérabilité augmentent[14]. Le travail social, qu'il soit à destination des personnes âgées, des enfants sous protection, des jeunes délinquants ou des pauvres, passe désormais par la recherche de fonds par les *social care workers*, la relation à la fois interpersonnelle et institutionnelle entre le fournisseur et le bénéficiaire de soin étant de plus en plus négligée et invisibilisée. La maltraitance devient institutionnelle ; le terme de solidarité est complètement effacé. La pratique d'une éthique du *care* n'existe alors que dans des relations informelles entre les déshérités ou les vulnérables eux-mêmes, comme le montre le film *Moi, Daniel Blake* (2016) de Ken Loach : face à l'inhumanité des dispositifs étatiques d'aide à l'emploi, les bénéficiaires, qui ne bénéficient plus de rien, s'arrangent entre eux pour s'aider, échanger des pratiques ou travailler au noir. Les institutions broient les individus qu'elles vulnérabilisent de plus en plus, que ce soient les bénéficiaires ou les pourvoyeurs

Je défends un État social habité par les éthiques du *care*, en rupture avec l'assignation néolibérale à la responsabilité individuelle.

13 - Voir Wendy Brown, *Les Habits neufs de la politique mondiale. Néolibéralisme et néo-conservatisme*, trad. par Christine Vivier, préface de Laurent Jeanpierre, Paris, Les Prairies ordinaires, 2007.

14 - Lizzie Ward, "Understanding the social care crisis", dans Petr Urban et L. Ward (sous la dir. de), *Care Ethics, Democratic Citizenship, and the State*, Londres, Palgrave Macmillan, 2020.

de *care* d'ailleurs. Comment peut-on institutionnaliser un *care* juste quand les mauvaises pratiques sont systémiques ?

On peut poser un double diagnostic sur le travail social dans le contexte néolibéral mondialisé : d'un côté, une logique de gestion des prestations sociales associée à une logique de projet qui n'est jamais adaptée à l'urgence, aux crises et à la nécessité de l'écoute ; de l'autre, une logique de récits subjectifs, où raconter son histoire doit faire l'épreuve d'une vraisemblance attendue. Ces deux logiques sont arrivées à bout de souffle, en laissant de côté une dimension importante du *care*, à savoir le souci d'une vulnérabilité progressivement étendue et d'accidents de la vie de plus en plus destructeurs.

L'éthique du *care* a une grande proximité avec une approche clinique : elle pointe l'insuffisance d'une assistance contractuelle, procédurale et souvent bureaucratique. Si l'introduction de la singularité et la prise en compte des récits et des expériences sont pertinentes, c'est à condition d'accepter les voix qui s'expriment et qui peuvent être dissonantes. À l'opposé d'une approche sociale impersonnelle, insensible aux individus et à leur parcours de vie, le *care* vise ce qui tient sur un fil : l'appréhension du désir d'agir d'individus qui ne peuvent ou ne veulent plus désirer ni agir.

Dans cette perspective, les travailleurs sociaux ne sont pas les agents d'un État qui cherche à maintenir le lien social en saupoudrant des aides diverses, ils ne sont pas les représentants d'une raison humanitaire ni des acteurs bienveillants dans un monde social troublé. Ils ne sont pas là pour surveiller chaque faux pas commis par les bénéficiaires de l'aide sociale. Ces professionnels développent des compétences, promeuvent des valeurs et agissent pour améliorer le bien-être social de populations vulnérables abandonnées.

La compétence du travailleur social relève d'un *« art de la relation*[15] *»*, composé de certaines techniques et de compétences sociales (trouver la bonne distance : ni trop près, ni trop loin). Cette compétence doit permettre une forme de liberté pour la personne aidée, ne serait-ce que la liberté minimale de résister ou de continuer à se positionner en marge de la société. Promouvoir ce mode d'interdépendance et cette forme

15 - Didier Vrancken, *Le Nouvel Ordre protectionnel. De la protection sociale à la sollicitude publique*, Liège, Parangon, 2010, p. 237-239.

médiate de réciprocité, qui prend en compte les modèles de vulnérabilité et de dignité, c'est instituer une éthique du *care*. Cette éthique implique un projet de société décente : *« une société dont les institutions n'humilient pas les gens*[16] *»*. Selon Avishai Margalit, alors qu'une société civilisée repose sur des relations pacifiées entre les individus, accordant une grande importance aux relations interpersonnelles, une société décente mobilise un niveau plus archaïque de la réalité sociale, celui des institutions. Il ne s'agit pas de promouvoir une conception humanitaire et compassionnelle de l'autre, mais de structurer le lien social afin que tout être humain puisse être considéré comme tel et non comme inférieur (colonialisme) ou invisible (migrants, travailleurs clandestins, femmes pauvres).

Si l'éthique du *care* peut nous aider à réfléchir au travail social à travers la prise en charge concrète de vies humaines, elle ne doit pas nous faire oublier que l'objectif de l'État social est d'ouvrir la voie à la possibilité de vies non humiliées. Cela inclut l'apprentissage de la lecture et de l'écriture ainsi que l'acquisition de compétences techniques fondamentales, l'accès à la santé, à un revenu, à un logement décent et aux biens communs. L'éthique du *care* peut servir de base à des politiques publiques réparatrices qui comprennent que les individus les plus vulnérables possèdent leur propre régime de vie et qu'il faut le rendre audible, visible, en accord avec les valeurs démocratiques de solidarité. Le travail social est un angle adéquat pour aborder la résolution de la crise du *care* : il n'y a pas de démocratie du *care* sans considération pour les personnes exclues du lien social et politique tant elles sont vulnérabilisées.

L'éthique du *care* peut servir de base à des politiques publiques réparatrices.

16 - Avishai Margalit, *La Société décente* [1996], trad. par François Billard et Lucien d'Azay, Paris, Flammarion, 2007, p. 13.

Les vigies du social

Christophe Anché, Muriel Bombardi, Keltoum Brahna, Marcia Burnier, Michel Chauvière, Vince, Didier Maille et Anne-Solène Taillardat

Dans le cadre de ce dossier sur le travail social, il convient de donner la parole aux travailleurs sociaux. Ces derniers font état d'un affaiblissement de l'ensemble de la profession, sous les coups de politiques publiques injustes, d'administrations qui ne respectent pas le droit et de directives contradictoires avec leurs missions. Mais ils manifestent également leur attachement à la relation privilégiée avec les familles que le travail social autorise ainsi qu'à leur culture professionnelle, et proposent des moyens pour se mobiliser et améliorer la situation. La rédaction remercie l'Association nationale des assistants de service social (Anas) qui a rendu cette enquête possible.

Keltoum Brahna et Muriel Bombardi sont assistantes sociales en Seine-Saint-Denis. Elles ont organisé des luttes contre l'informatisation du dossier social et le recueil déchaîné de statistiques socio-démographiques par les travailleurs sociaux. Elles ont publié, en 2016,* Les Fossoyeurs du travail social *(Sud CD 93), en réponse à un article des directeurs généraux des services de trois conseils départementaux.

Keltoum Brahna et Muriel Bombardi – Nous avons choisi ce métier pour accueillir et rencontrer les personnes. Le langage corporel, un silence ou un moment de grande émotion ne peuvent pas être accueillis de la même manière au téléphone qu'en personne dans un bureau. À la faveur de consignes sanitaires, encore strictes début 2022, nous avons vu des entretiens par téléphone devenir la norme et être décidés par les responsables d'équipe sans consultation des travailleurs sociaux. Quand les familles retrouvent un rythme d'entretiens physiques, elles expriment leur soulagement… En effet, le téléphone limite les demandes : les personnes s'autocensurent. Sans que le temps soit forcément calibré, l'entretien n'est pas de la même nature. Souvent, la chose dite en passant la porte à la fin de l'entretien est la demande la plus importante…

La crise sanitaire est venue répondre à une ancienne angoisse du manager : comment imposer aux travailleurs sociaux de calibrer le temps d'entretien ? Les gens ne sont pas des tomates[1] ! L'évaluation des besoins d'une famille par un travailleur social passe par l'écoute, l'information (sur les droits et les dispositifs d'aide) et la construction commune d'un plan de travail. Cela ne peut pas se faire en quinze minutes.

Indépendamment de la crise sanitaire, la situation était déjà préoccupante, du fait de mesures politiques contestables, notamment concernant la « politique d'immigration » ou le mal-logement. Ainsi, le droit au logement opposable est un progrès, mais aboutit rarement et reste inaccessible aux foyers dont un membre majeur n'est pas dépositaire d'un titre de séjour. Et la prime d'activité, versée par la caisse d'allocations familiales, exclut la plupart des étrangers, qui pouvaient bénéficier auparavant de la prime pour l'emploi, liée au statut fiscal de la personne.

Les services sociaux sont aussi de plus en plus fermés, avec un interphone et parfois même un vigile. Ce fonctionnement accélère la déshumanisation à laquelle nous sommes confrontés depuis des années. En effet, il remet en cause le principe de l'inconditionnalité de l'accueil, déjà malmené. Justifier d'une adresse postale pour bénéficier d'un accompagnement social est incontournable. Les personnes qui sont sans hébergement fixe et/ou domiciliées par une association sont renvoyées d'un service à un autre. On a l'impression que désormais, les services sociaux se défendent plutôt qu'ils n'accueillent ! Ce sont les conditions de travail, détériorées par l'employeur, qui provoquent les mécanismes de défense – les professionnels ne pouvant que répercuter ces contraintes sur les familles accompagnées.

Désormais, les services sociaux se défendent plutôt qu'ils n'accueillent !

Le travail social, c'est l'antithèse de la bureaucratie ; il consiste à aider la personne à porter recours, à remettre en cause la parole des administrations et à trouver des formes d'interpellation. Certains responsables tentent de

1 - Voir « Gérer les flux et reflux d'usagers », *Article 11*, n° 15, 2014. Voir aussi l'entretien avec Muriel Bombardi et Keltoum Brahna, « Paraît même qu'on a rompu le dialogue social, bon signe, non ? », *La Trouvaille*, cahier n° 3, 2015, p. 4-14.

limiter ces interpellations, contrevenant à l'indépendance des assistantes sociales et les empêchant tout simplement de travailler. Nous devons ainsi batailler avec les institutions pour qu'elles appliquent les textes de loi.

Dans notre Code de déontologie sont inscrits les principes de l'autonomie de l'assistante sociale, de ne pas soumettre son activité à un quelconque contrôle, et même d'une vigilance sur les moyens de communication (y compris numériques !)[2]. Ce code vient formaliser une culture professionnelle progressiste et démocratique.

Vince, éducateur spécialisé, a longtemps exercé dans la protection de l'enfance. Il publie régulièrement des tribunes sur le site Lien social et sur sa page Facebook « L'éducateur spécial », où son regard satirique et décalé invite à la réflexion. Il est désormais chef de service, spécialisé dans l'insertion, dans un centre d'hébergement d'urgence.

Vince – J'ai toujours employé le rire comme un support éducatif. Afin de se rapprocher des familles lors de visites à domicile, pour désamorcer des tensions dans le cadre d'une action éducative en milieu ouvert par exemple, il est bon de rire de soi. Les jeunes des quartiers avec lesquels j'ai travaillé en prévention spécialisée ont également une culture du rire et de la *punchline*. Mes écrits peuvent prendre une forme satirique et drôle, qui permet de dénoncer certaines choses et d'inciter les collègues à échanger sur certains sujets. Mais dans le fond, je n'ai pas vraiment envie de rire : je suis sérieusement inquiet des transformations qui affectent le travail social. Plus que susciter le rire, il faut déranger par un engagement militant, qui ne peut plus se limiter aux manifestations de rue, mais passe par les mobilisations sur les réseaux sociaux ou toute autre forme innovante.

On observe une fuite des travailleurs sociaux des institutions traditionnelles vers l'intervention libérale. Aujourd'hui, il est facile d'évincer des gens qui l'ouvrent trop, des empêcheurs de tourner en rond, de les remplacer par des professionnels peu formés ou des bénévoles moins regardants sur les principes. Il n'y a pas de crise des vocations, mais une crise

2 - Le Code de déontologie de l'Association nationale des assistants de service social, adopté en 1949, actualisé en 1981 puis 1994, vient d'être réédité par l'Anas, avec les illustrations de Fanny, en septembre 2022.

des institutions. La commande publique devient maltraitante : la culture du chiffre et de la rentabilité entraîne une perte de sens auprès des travailleurs sociaux qui ne se retrouvent plus dans leur pratique (burn out, maladies, démissions…). Dans le contexte actuel, nous devenons des machines, de simples exécutants. Les éducateurs souffrent avant tout des directives qui leur viennent d'en haut, et d'abord des formes de l'évaluation du travail social. Ces dernières les éloignent du terrain : quand on passe plus d'un tiers de son temps à remplir des tableurs, c'est autant de temps que l'on ne passe pas auprès des familles.

La commande publique devient maltraitante.

Je préférerais que les éducateurs produisent des évaluations qualitatives de leur travail par des exercices d'écriture. Les valeurs qui m'animent dans ma pratique professionnelle sont aussi celles qui animent ma pratique de l'écriture, même si je ne peux pas me permettre d'agir comme j'écris. L'écriture est un exutoire, mais aussi un moyen de partager et d'échanger : cela crée du collectif. Et puis, l'écriture a une fonction de transmission, dans la mesure où l'écrit reste, laisse une trace. C'est un supplément d'âme dans le travail social.

Il ne faut donc pas quitter le navire : il faut écoper et changer de cap. Cela peut prendre la forme du contentieux avec l'employeur maltraitant, mais le contentieux doit être collectif. Les travailleurs sociaux doivent se mobiliser pour faire des propositions concrètes. Les équipes sont encore riches d'idées et ont envie de réinventer la relation éducative. Même si les collectifs manquent, étouffés par les politiques publiques, il est encore possible de constituer une « zone à défendre », de dépasser le confort de la plainte pour devenir force de proposition.

Didier Maille est assistant social au Comité pour la santé des exilé·es (Comede), créé en 1979 par la Cimade, Amnesty International et le Groupe accueil et solidarité. Il souligne l'importance de la bataille de l'accès aux droits.

Didier Maille – Comme le notait la revue *Esprit* en 1972, le travail social est fondé sur deux paradoxes. Du point de vue des objectifs, le projet émancipateur se traduit par un soutien des usagers qui désamorce les conflits et, partant, permet aux facteurs d'aliénations de perdurer : c'est

« l'exclusion douce[3] *»*. Du point de vue des moyens, la création artificielle de nouvelles formes de socialité par les services sociaux épuise les intervenants sans s'attaquer aux causes des difficultés.

Ce double paradoxe sape l'action de terrain des travailleurs sociaux[4]. Mais ce sont les difficultés en matière de (non-)accès aux droits qui en démultiplient les effets déstabilisants. Il s'agit désormais de questions de survie, dans les grandes métropoles, les camps de fortune et bidonvilles : non-accès à l'hébergement d'urgence, à l'eau potable ou à la nourriture, refus de domiciliation, impossibilité de décrocher un rendez-vous en caisse d'allocations familiales ou en préfecture, etc. Plus largement, il s'agit de la « bunkérisation » de l'administration, en particulier par la « dématérialisation » des services publics[5].

On peut y faire face par une (re)mobilisation des travailleurs sociaux, notamment des assistantes et assistants sociaux, pour l'accès aux droits et par un recours accru à l'outil juridique. Certes, le recours au droit ne répond pas directement à la violence des rapports sociaux au quotidien. Et la multiplication des démarches procédurières risque de déporter les métiers sociaux du « relationnel » vers l'« administratif », voire de dépolitiser la question sociale[6]. Pourtant, le recours au droit reste la pierre angulaire du travail social, lorsqu'il est capable d'articuler sa dimension technique avec une dimension politique.

Le recours au droit reste la pierre angulaire du travail social.

Loin des hésitations caritatives originelles, le Code de l'action sociale et des familles définit désormais sans ambiguïté le travail social par les garanties apportées aux droits humains et l'objectif de justice sociale : *« Le travail social vise à permettre l'accès des personnes à l'ensemble des droits fondamentaux. »* L'objectif n'est donc ni l'animation, ni l'accompagnement, ni le soutien, ni le « relationnel » ou l'« être-avec », qui sont des moyens. La défense des droits est conforme au projet de lutte contre l'« insécurité

3 - Conclusion collective, « Le travail social, c'est le corps social en travail », *Esprit*, « Pourquoi le travail social ? », avril-mai 1972, p. 796.

4 - Sur l'épuisement des travailleurs sociaux, voir Didier Martin et Philippe Royer (sous la dir. de), *L'Intervention institutionnelle en travail social*, Paris, L'Harmattan, 1987.

5 - Voir Défenseur des droits, « Dématérialisation des services publics : trois ans après, où en est-on ? » [en ligne], février 2022.

6 - Voir Jacques Donzelot, « Travail social et lutte politique », *Esprit*, avril-mai 1972.

sociale », caractérisée par l'effritement des protections collectives du travail[7].

Les assistantes et assistants sociaux sont donc contraints de résister et de forcer l'accès aux droits. Il ne s'agit pas de devenir juriste, mais de ne pas démissionner face à la politique du découragement par l'usure, en se formant aux outils juridiques. Il est par ailleurs contre-productif de distinguer, d'un côté, des domaines « sociaux » et, de l'autre, des domaines « juridiques ». Ainsi, l'accès à une carte de séjour et son recours contre un refus de délivrance sont des questions de nature « sociale ». À l'inverse, les sujets de vie quotidienne, comme les difficultés à se nourrir, à se vêtir, les questions d'hygiène et d'accès à l'eau potable, peuvent conduire à l'usage d'outils juridiques.

Développer une approche technique n'est pas renoncer au projet émancipateur du travail social pour autant que trois garde-fous épaulent la pratique : un positionnement professionnel solide, l'*empowerment* et le témoignage. S'il veut être *« autre chose qu'une annexe du pouvoir*[8] *»*, le travailleur social se doit d'abord d'identifier lucidement son cadre d'action, sa place dans l'ordre des subordinations et les limites à sa fonction de contre-pouvoir. Ainsi, l'usage de l'outil juridique comme recours contre l'administration est évidemment corrélé à la dépendance de l'employeur par rapport au pouvoir exécutif, mais aussi à la marge de manœuvre laissée au travailleur social lui-même. Ensuite, les pratiques d'*empowerment*, à travers des ateliers collectifs par exemple, permettent de concilier les objectifs du donneur d'ordre et celui du renforcement des capacités des usagers à se défendre par eux-mêmes. Ce travail nécessite du temps, et les restrictions de budget et les objectifs quantitatifs des employeurs sont antinomiques avec ce but. Enfin, il est parfois possible de compléter le travail de terrain par des actions politiques, des témoignages publics et, en dernier recours, de la désobéissance. Pendant le temps de travail, c'est encore la règle de droit qui doit prévaloir, puisque les limites sont fixées par la déontologie et la jurisprudence.

7 - Voir les ouvrages de Robert Castel, notamment *La Montée des incertitudes. Travail, protections, statut de l'individu*, Paris, Seuil, 2009.

8 - « Le travail social, c'est le corps social en travail », art. cité, p. 810.

La place de travailleur social se rapproche ainsi du modèle de *« l'évolution révolutionnaire*[9] *»*: il s'agit, selon Jaurès, de faire, ici et maintenant, toutes les conquêtes possibles, dans l'attente de la révolution espérée… Pour les assistantes et assistants sociaux, cela signifie aider chaque usager à faire valoir son droit et se donner les moyens d'en témoigner.

Marcia Burnier assure une permanence juridique et sociale au Comede, après avoir travaillé au centre de planification familiale de Saint-Denis. Désormais à Évian en Haute-Savoie, elle a réduit son activité pour développer des travaux d'écriture*[10]*.

Marcia Burnier – Mon expérience dans le travail social a pris place dans des associations qui avaient à cœur d'investir l'outil juridique qu'elles considéraient, à raison, inséparable du travail social. Quand on fait des contentieux de masse (pour quelques dizaines de personnes), on est enthousiaste et on peut obtenir des décisions judiciaires significatives. Mais, bien souvent, l'administration préfère payer ce qu'elle doit à quelques personnes plutôt que changer ses pratiques pour tous. Et cela pose la question de qui a accès à l'outil juridique, comment le rendre plus abordable, etc.

Dans le domaine du droit des étrangers, les travailleuses et les travailleurs sociaux sont pris dans des injonctions paradoxales et parviennent difficilement à faire leur travail: ni simplement permettre que les personnes accèdent à leurs droits, obtiennent un logement, parce que les obstacles administratifs sont nombreux pour les personnes étrangères., ni *a fortiori* développer des programmes innovants, car tous les rendez-vous sont focalisés sur les besoins élémentaires. C'est démoralisant ! L'un des moyens pour faire du bon travail social, c'est la désobéissance. Il ne suffit plus de tenter de faire appliquer la loi ; la loi elle-même est devenue maltraitante et les personnes chargées de l'appliquer ne sont pas insensibles aux structures de domination. Comment peut-on demander à des travailleuses ou travailleurs sociaux de fournir à la police la liste des

La loi elle-même est devenue maltraitante.

9 - Jean Jaurès, « Question de méthode » [17 novembre 1901], *Rallumer tous les soleils*, éd. Jean-Pierre Rioux, Paris, Omnibus, 2006, p. 511. Voir aussi Michel Winock, « Réforme ou révolution ? », *L'Histoire*, n° 397, mars 2014.

10 - Marcia Burnier, *Les Orageuses*, Paris, Cambourakis, 2020.

personnes sans papiers qui appellent le 115 ? De mettre à la rue les personnes déboutées du droit d'asile ? Face aux politiques publiques, c'est au niveau local qu'on peut retrouver du sens, en constituant des réseaux, des îlots de désobéissance et/ou de solidarité, et ainsi faire collectivement face à la vague néolibérale et xénophobe qui nous emporte.

On a tendance à oublier que ces politiques publiques affectent des êtres humains et les touchent dans leur chair. Les travailleuses et travailleurs sociaux doivent ainsi trouver un équilibre entre leur empathie et une certaine distance. Mais cet équilibre n'est pas qu'un effort individuel ; il dépend de l'institution, selon qu'elle protège ou non ses employés et employées, qu'elle permette ou non un temps d'analyse collective des pratiques, etc.

Mon livre porte sur la question de la réparation : comment faire émerger des récits qui nous fassent du bien ? Comment savoir ce dont nous avons réellement besoin dans une situation donnée ? Trop souvent, c'est la société qui pense pour nous : elle nous assaille d'injonctions sur ce que nous devrions faire dans telle ou telle situation, ce qui serait « mieux pour nous ». Pour contrer cela, nous devons développer le recours aux groupes d'entraide, des travailleuses et travailleurs pairs, nécessaires pour que les usagères et les usagers soient entourés par des personnes qui comprennent leurs expériences de vie. Il faut multiplier les lieux qui permettent l'émergence de solutions, même temporaires. Un bon exemple serait les accueils collectifs du planning familial : en accueillant en même temps des personnes venues pour la même chose (par exemple, avorter) et en facilitant le dialogue entre elles, on ouvre les possibles en permettant à certaines femmes de considérer les choix d'autres femmes pour elles-mêmes.

C'est le travail social qui m'a poussée à écrire : j'avais besoin de témoigner de ce que je voyais au quotidien, de prendre une certaine distance et de m'assurer que ces histoires circulent au-delà du cercle fermé du travail social[11]. L'écriture d'un livre et l'animation d'ateliers d'écriture m'ont fait du bien, notamment par la critique du monde qui nous entoure. Il devrait y avoir des ateliers d'écriture dans tous les services sociaux ! Plus que les publications universitaires et institutionnelles, les écrits émanant

11 - Voir M. Burnier, « Je ne suis pas trop habituée à dire à un gamin de 15 ans qu'il va dormir dehors » [en ligne], *Basta !*, 12 septembre 2018.

des travailleuses et travailleurs sociaux nous renseignent sur la réalité des pratiques et permettent de mobiliser les citoyennes et les citoyens[12].

Michel Chauvière est directeur de recherche émérite au Centre national de la recherche scientifique (Centre d'études et de recherches de sciences administratives et politiques, université Paris II). Il a contribué au numéro d'**Esprit** ***de 1972 en répondant à des questions sur la formation des éducateurs spécialisés. Il montre que, loin de la solidarité nationale, un modèle économique résolument néolibéral s'est mis en place dans le travail social.***

Michel Chauvière – Les travailleurs sociaux vont, en personne, au contact de celles et ceux qui sont dans le besoin ou requièrent un soutien particulier, selon une éthique propre et avec des méthodologies empruntées au meilleur des sciences humaines, où la parole et la relation sont centrales[13]. Leur activité, émancipée par le salariat, constitue un progrès considérable dans la mise en œuvre concrète de la solidarité nationale en direction des plus vulnérables ou en grande difficulté, à côté des systèmes plus institués (école, justice, santé, Sécurité sociale). Ils réalisent donc une mission d'intérêt général, y compris lorsque plus de 70 % de leurs employeurs sont des associations privées selon la loi de 1901. C'est là une économie élargie de « service public », soutenue par des moyens financiers publics ou solidaires, reconnaissant la nécessité de métiers spécialisés, contrôlés en qualité par le moyen des diplômes d'État et autres titres, et favorisant des statuts ou des conventions collectives adéquats.

Au cours des dernières décennies, le couple que formaient, depuis les années 1970, l'action sociale et le travail social a perdu de sa légitimité historique et de sa force symbolique. Depuis l'acte II de décentralisation (2003), les présidents des conseils généraux (désormais départementaux), sont promus chefs de file de l'action sociale. Mais cette orientation fait des professionnels le bras armé des politiques, avec des résultats loin d'être probants. Depuis la mise en œuvre de la loi organique sur les lois

12 - Voir La Cimade, *Chroniques de rétention (2008-2010)*, Arles, Actes Sud, 2010, ainsi que les numéros de *La CRAzette* (Mesnil-Amelot), *CRA'moisi* (Hendaye), *Tourniquet* (Marseille) et *MiCRA-cosme* (Bordeaux), disponibles sur le site de la Cimade.

13 - Voir Michel Chauvière, Dominique Depenne et Martine Trapon, *Dialogue sur le génie du travail social*, Montrouge, ESF Éditeur, 2018.

de finances (2001), suivie de la révision générale des politiques publiques (2007), l'action sociale a cédé la place à la « cohésion sociale », concept vague mais eurocompatible. Le travail social est talonné par l'« intervention sociale » qui, débordant le seul salariat, intègre le bénévolat, le volontariat et les emplois de service. Reste toutefois un Code de l'action sociale et des familles, adopté en 2001. La loi de janvier 2002, dite de rénovation, visait le secteur social et médico-social, mais a surtout préparé l'intégration de tout le système institutionnel dans la nouvelle régulation, assurée par des agences et relayée par des consultants.

Ainsi l'action sociale de terrain est-elle diluée dans une économie concurrentielle de prestations et de services. Les financements sont considérés comme des investissements régulés par les résultats et les performances. Le barycentre n'est plus le professionnel de métier et son savoir-faire, mais l'opérateur/employeur capable, comme une entreprise, d'affronter la concurrence (ce nouveau régulateur général), d'obtenir des parts de marché à moindre coût. Sous prétexte de complexité des problèmes sociaux et de tassement des ressources disponibles, il est aussi fait appel à des investisseurs privés *(social impact bonds)*. Les gestionnaires ont pris le pouvoir sur le secteur social, devenu une activité économique ordinaire – avec un peu d'éthique[14]. L'État, de son côté, se fait l'animateur des solidarités, comme vertu personnelle ou locale, en oubliant qu'il doit être le garant des droits-créances et le protecteur des systèmes institutionnels et professionnels.

Les gestionnaires ont pris le pouvoir sur le secteur social.

Si les effectifs du travail social professionnel ont progressé en nombre, c'est sans politique globale ni doctrine pour les différents métiers. Aux côtés des quatorze titres sanctionnés par des diplômes d'État, ont proliféré des cadres d'emploi moins qualifiés, plus flexibles et moins rémunérateurs, dans les domaines de l'insertion, de la médiation, de l'animation, de l'inclusion scolaire… Ils sont l'indice d'une déprofessionnalisation relative. On remarque aussi une plus forte différenciation entre conception et exécution : d'un côté progressent les fonctions de management, d'encadrement, d'ingénierie, d'évaluation ; de l'autre se multiplient les bas niveaux de qualification, voués à des tâches d'exécution. À

14 - Voir M. Chauvière, *Trop de gestion tue le social. Essai sur une discrète chalandisation* [2007], Paris, La Découverte, 2010.

ce tableau s'ajoutent enfin, avec la complicité des pouvoirs publics, non seulement l'arrivée d'opérateurs lucratifs dans les secteurs les plus solvables, mais aussi un travail social libéral, permettant à des professionnels devenus autoentrepreneurs, pourtant parfois titulaires de diplômes d'État, de négocier leurs prestations, portant atteinte à l'éthique clinique, ralentissant les recrutements et révélant la fin du social considéré comme un travail.

Avec le nouveau management public inspiré du secteur privé lucratif, pour tout décideur ou entrepreneur social, être au service de, accompagner et protéger ne se conçoivent plus sans normes d'exécution dûment établies et soumises à une évaluation continue des résultats. C'est la raison d'être des recommandations de bonnes pratiques en plein essor. Loin d'être des conseils toujours discutables, ces recommandations ont d'indéniables effets normatifs sur les savoirs et les pratiques[15], entraînant beaucoup de souffrance au travail et une perte de sens.

L'« usager au centre » est souvent brandi pour légitimer ce type d'action et contrer des « maltraitances » supposées, alors qu'avant tout, les moyens et les places manquent dans de nombreuses institutions. L'« activation » des plus vulnérables, c'est-à-dire l'injonction qui leur est faite d'être responsables de leur situation, apparaît comme la seule doctrine qui vaille. Ce qui, évidemment, allège la dépense publique et fait refluer les obligations de solidarité nationale pour l'État social.

Assistant social dans un service de protection de l'enfance, Christophe Anché est membre du Haut Conseil du travail social, administrateur de l'Anas et coauteur du livre* Du côté des enfants en danger[16]*. Il définit le travail social comme un geste d'accompagnement.

Christophe Anché – Bien avant d'organiser l'accès à des prestations ou des services, le travail social est animé d'une attention portée à l'autre, de bienveillance et de volonté de compréhension : *« Il faut que les clients sentent que nous ne sommes pas un prolongement aveugle d'un organisme qui nous emploie, mais un service mis à leur disposition par celui-ci, service dont ils doivent pouvoir*

15 - On peut s'en convaincre dans le champ de l'autisme, soumis à des recommandations quasi comminatoires, imposant les approches psycho-neuro-comportementales et interdisant toute référence à la psychanalyse ou à la psychothérapie institutionnelle.

16 - Christophe Anché et Laura Izzo, *Du côté des enfants en danger*, Paris, Éditions des Équateurs, 2019.

user librement[17]. » Il faut prendre le temps de rencontrer ses interlocuteurs afin d'appréhender le concret de leurs difficultés, de les accompagner dans la formulation d'une demande, au plus près de leurs besoins et des ressources disponibles. Le travail social récuse ainsi la fonction tutélaire vers laquelle le poussent les adeptes de l'efficacité et promeut l'autodétermination, l'émancipation et l'épanouissement.

Les exclusions sociales, les violences conjugales, le mal-logement, le handicap, la protection de l'enfance, les conduites addictives ou encore la prostitution suscitent de nombreux malentendus et conduisent souvent à attribuer au travail social une forme d'inefficacité ou d'incompétence. Certes, depuis mai 2017, le Code de l'action sociale et des familles énonce que *« le travail social vise à permettre l'accès des personnes à l'ensemble des droits fondamentaux, à faciliter leur inclusion sociale et à exercer une pleine citoyenneté »*. Mais cette définition oublie la fonction émancipatrice du travail social qu'elle expose à des critères d'évaluation étrangers à sa fonction d'humanisation de la société. Captif de l'engagement de discrétion envers les personnes accompagnées, l'assistant de service social tente de combler l'écart qui sépare les intentions néolibérales des politiques sociales des réalités de terrain faites de ventres vides, d'impossibilités de se chauffer l'hiver, de collégiennes enceintes, de rites prédélinquants, de déséquilibres psychiques, de nuits d'errance dans les rues, de montants d'allocations plafonnées, d'emplois inexistants, d'hébergements impossibles à trouver, de tensions liées à l'acculturation, de blessures d'enfance que l'on tente d'oublier dans la drogue ou l'alcool…

Le travail social fait œuvre de justice sociale.

Les idées qui ont eu une influence sur le travail social (le christianisme social et le paternalisme industriel par le passé, l'économie sociale et solidaire et l'éthique du *care* aujourd'hui) montrent que ce dernier est un geste d'accompagnement qui fait œuvre de justice sociale. Mais, considérant la création de richesse comme principal marqueur de son développement, la société française se décharge du souci des personnes en difficulté en les renvoyant à leur responsabilité individuelle ou en déléguant ce souci au travail social. Simultanément, la déconsidération des professionnels du travail social et les tentatives répétées de leur instrumentalisation à des fins

17 - Ruth Libermann, « Notre déontologie dans le monde d'aujourd'hui » [mai 1962], *La Revue française de service social*, n° 268, février 2018.

politiques les empêchent de mener à bien cette tâche. La multiplication de protocoles parfois contradictoires étouffe les dynamiques d'action. De plus, le travail social s'ankylose à coups de « comités de pilotage », de « démarches qualité » ou de « directeurs du développement ». Pendant ce temps, la raréfaction des accueils physiques au profit de la numérisation exclut des pans entiers de la population. Le profil des institutions du travail social évolue insidieusement de logiques d'action vers des logiques de programme.

Pourtant, la compétence des assistants sociaux réside dans leurs capacités d'accompagnement, respectueuse de l'autonomie des personnes, plutôt que dans leurs facultés à trouver des solutions à des difficultés. Les professionnels du travail social garantissent en effet aux personnes qui viennent les trouver que, quelle que soit leur situation, leurs difficultés et leurs vulnérabilités, elles seront accueillies, écoutées et respectées. Alors, malgré le manque de moyens et de reconnaissance, le travail social demeurera source de joie.

Bénévole à Repairs!, un groupe d'entraide par et pour les enfants placés, Anne-Solène Taillardat, éducatrice spécialisée, est également responsable Île-de-France de l'association Parrains par mille et suit une formation d'encadrement.

Anne-Solène Taillardat – Repairs ! est une association d'entraide des personnes accueillies en protection de l'enfance, créée en 2014, dans le Val-de-Marne puis à Paris, à la suite d'une recherche par les pairs[18]. L'association fait l'effort d'aller rencontrer les enfants accueillis en foyer, en service d'hébergement semi-autonome ou en famille d'accueil, pour se faire connaître et leur donner envie de s'engager. Le mélange de générations et d'expériences différentes permet une parole ancrée dans le réel.

J'ai vécu mon placement à 15 ans comme une bulle qui m'a permis de grandir de manière plutôt sereine. Mais le foyer n'était pas assez ouvert sur l'extérieur, même si cela me correspondait bien à l'époque. On prenait beaucoup de décisions à notre place, sur un mode presque paternaliste :

18 - Voir Pierrine Robin *et al.*, « *Des jeunes sortant de la protection de l'enfance font des recherches sur leur monde* ». *Une recherche par les pairs sur la transition à l'âge adulte au sortir de la protection de l'enfance* [en ligne], rapport de l'université Paris-Est Créteil pour l'Observatoire national de l'enfance en danger, décembre 2014. Cette recherche a donné lieu à une pièce de théâtre, *J'ai pas le temps, j'suis pas comme eux*, mise en scène et adaptation de Véronique Dimicoli, présentée à Avignon en 2018.

c'était protecteur, mais aussi étouffant. Si on m'avait demandé mon avis, j'aurais été en famille d'accueil plutôt qu'en foyer. On m'imposait aussi des visites à ma famille dont je ne voulais pas ; je trouvais des stratégies pour les éviter. Je me disais : ils ne comprennent rien ! L'institution ne prenait pas assez en considération nos attentes et nos besoins. Certes, ce cocon m'a permis de commencer à me reconstruire, mais le passage à la majorité et le départ vers un foyer de jeunes travailleurs ont été assez violents. Aujourd'hui, les jeunes placés ne sont plus aussi bien suivis à leur majorité que par le passé, avec de grandes disparités territoriales. L'entrée dans l'âge adulte est pourtant une période critique, sur laquelle il faudrait mettre le paquet[19].

Le respect et la bienveillance sont nécessaires au métier d'éducateur spécialisé, mais il ne suffit pas d'aimer les enfants pour bien les accompagner. On recrute de plus en plus des personnes qui n'ont pas reçu de formation particulière, ce qui donne lieu à des réponses inappropriées, voire à des maltraitances Il faut avoir des clés de compréhension et d'analyse apportées par la formation, pouvoir compter sur l'équipe, bénéficier de temps de réflexion… Il faut aussi une croyance inconditionnelle dans le potentiel de l'enfant, malgré son chemin de vie cabossé, ses fragilités, ses faux pas, ses tâtonnements. L'enjeu est de trouver la bonne proximité avec la personne : *« assez près pour entendre, assez loin pour voir*[20] *»*. Il est nécessaire de développer une meilleure coopération entre les domaines du soin psychique et de l'éducatif. Dans une maison d'enfants à caractère social où j'ai travaillé, une psychologue avait installé un bac à sable dans son bureau et conduisait des entretiens formidables en coopération avec la famille, l'enfant et l'éducateur.

19 - Selon l'étude longitudinale sur l'autonomisation des jeunes après un placement (Elap, 2013-2019), de l'Institut national d'études démographiques, les jeunes pris en charge jusqu'à 21 ans rattrapent un niveau scolaire proche de la population générale. L'Insee montre également qu'il y a 36 % d'anciens enfants placés parmi les jeunes personnes (18-25 ans) vivant à la rue et 25 % parmi l'ensemble des sans domicile fixe (voir Isabelle Frechon et Maryse Marpsat, « Placement dans l'enfance et précarité de la situation de logement », *Économie et Statistique*, n° 488-489, 2016, p. 37-68). Voir aussi l'étude de La Touline d'Apprentis d'Auteuil, qui évalue le coût social évité par l'accompagnement : « Jeunesse. Le mécénat, relais de l'action sociale pour les jeunes les plus vulnérables » [en ligne], *France Générosités*, 2021.

20 - Voir Christelle Sermeus, *La Bonne Distance dans la relation éducative : une distance dynamique* [en ligne], mémoire de fin d'études à l'Institut régional de formation aux fonctions éducatives de Picardie, 2002.

Le travail social est politique, mais il reste méconnu du grand public. Les travailleurs sociaux sont ces vigies que la société ne veut pas entendre, car ils cheminent aux côtés de ceux qu'elle ne veut pas voir. À la différence du secteur du handicap ou des personnes âgées, qui suscitent identification et empathie, la protection de l'enfance est une politique sociale dans laquelle personne n'a envie de se projeter, qui s'adresse à des gens qui ne votent pas et qui n'ont personne pour défendre leurs intérêts. Cela explique qu'on en parle si peu dans le débat public, sauf quand des drames se produisent ou quand l'extrême droite mène sa propagande xénophobe en ciblant les mineurs isolés étrangers. Les enfants placés et leurs éducateurs évoluent en marge de la société. Récemment, des enquêtes et des livres ont mis en lumière des dysfonctionnements graves, rapportés depuis longtemps par les premiers concernés. C'est très bien, mais il faut aussi interroger les causes systémiques et les traiter.

Les travailleurs sociaux sont ces vigies que la société ne veut pas entendre.

J'ai écrit un texte poétique sur le métier d'éducateur spécialisé, que j'aime déclamer sur scène sous forme de slam, parce que je m'y sens protégée et libre. En voici un extrait : *« Je travaille dans tous les interstices, entre les règles et les bonbons, entre Messi et Pythagore, entre la Petite Ourse et Orion, entre berceuses et engueulades, entre lézards et papillons, entre le pouce et le portable, entre torpeurs et tourbillons, entre Batman et Violetta, entre les dys et les hypers, entre les toons et les ados, entre l'horizon et la mer, entre le visage et le masque, entre les billes et les équerres, entre Facebook et l'argent de poche, entre les mères et les repères. Je taffe entre l'aube et le crépuscule, entre un ici et un ailleurs, entre l'instinct et la raison, entre les pôles et l'équateur, entre le nuage et l'arc-en-ciel, entre le scénario et l'acteur. Je taffe entre hier et aujourd'hui, pour des lendemains plus rêveurs. Je taffe là où les cicatrices constellent les âmes et les histoires, là où l'on passe d'une vie à l'autre, comme on traverserait un miroir, là où, plus que partout ailleurs, la plus belle clé est le savoir, où l'on conjugue humanité, fragilité et espoir. »*

Propos recueillis par Isabelle Boisard, Jonathan Chalier et Joran Le Gall

Aller vers les personnes

Entretien avec Nicolas Duvoux

Sociologue, professeur à l'université Paris 8 (Cresppa-LabTop), Nicolas Duvoux préside le comité scientifique du Conseil national des politiques de lutte contre la pauvreté et l'exclusion sociale. Spécialiste des questions de pauvreté, de précarité et d'inégalités sociales à partir d'un ancrage dans l'étude des institutions et des politiques sociales saisies à partir de leur réception, il est un observateur privilégié des nouvelles formes de solidarité.

Quel rôle joue le travail social dans le retour en force de l'assistance, que vous avez analysé dans* Le Nouvel Âge de la solidarité[1] *?

Le travail social se trouve dans une situation complexe, et contradictoire. Complexe, parce que la notion même de travail social, assise sur un socle de métiers clairement identifié, est contestée par différents groupes professionnels, allant de la médiation à l'encadrement ou la gestion de projets, mais aussi par la pair-aidance, le bénévolat et l'hybridation entre les rôles d'usager et d'acteur, visible dans les démarches participatives. Le travail social se diffracte et se diffuse. Ces mouvements contribuent à une perte de repères professionnels, associée à une perte de sens et d'une position de surplomb – certes relative – commune avec d'autres professions qui sont au cœur des services publics : les enseignants, les professionnels de santé, les policiers… Leur rôle est plus que jamais nécessaire et leur utilité moins que jamais reconnue, ne serait-ce que, très concrètement, par les rémunérations généralement faibles, qui placent les

1 - Nicolas Duvoux, *Le Nouvel Âge de la solidarité. Pauvreté, précarité et politiques publiques*, Paris, Seuil, coll. « La République des idées », 2012.

professionnelles dans des situations qui ne sont pas toujours éloignées de celles de leurs usagers.

Il y a aussi des sources de tension spécifiques au travail social. Face à l'ampleur de la crise sociale, son caractère multiforme et invasif, la massification des situations à traiter, mais aussi le changement du métier, aujourd'hui centré sur l'ouverture et l'accès aux droits sociaux qui se sont étoffés pour faire face à la pauvreté, le travail social est dans une situation contradictoire. Il a pour objet de faire émerger l'attente, le projet, les aspirations de la personne, de s'ouvrir aux valeurs sociales et de reconnaître une forme d'autonomie, une capacité individuelle à faire des choix et à orienter sa vie. En même temps, il est pris dans un contexte politique et institutionnel très normatif – et souvent déconnecté de la réalité – où une vision plus directive (sinon punitive) de l'accompagnement s'est renforcée, en même temps que la centralité de la reprise d'emploi – quelles que soient la qualité et la durabilité de cet emploi.

Le travail social est placé dans une situation contradictoire pour une autre raison. Il est en effet pris entre la recherche, correspondant à ses finalités les plus classiques, de l'établissement d'une relation singulière avec chaque personne accompagnée et un ancrage bureaucratique très affirmé : les missions de *reporting*, de mesure de l'activité, d'évaluation, mais aussi les fonctions d'accès au droit et la centralité de dispositifs en évolution permanente saturent le travail social et le décentrent en permanence, ce qui occasionne souffrance, perte de repères et perte de sens. À cela s'ajoute la contagion des métiers et de leur image par la stigmatisation qui atteint les publics.

Comment le métier du travail social pourrait-il prendre en compte les souffrances réelles des individus alors que, dans la pratique, son mode d'intervention demeure largement fonction des grandes catégories d'ayants droit ?

Il le fait ! Le travail réel se tient souvent dans un écart important avec le travail prescrit. Dans toutes les enquêtes que j'ai pu mener, j'ai constaté que les travailleuses sociales exerçaient un rôle, des fonctions et des missions qui étaient en excès vis-à-vis du rôle social qui leur est attribué et qui fixe aussi des limites. On n'exerce pas ce type de métier pour rien. La souffrance des professionnelles vient précisément de cette permanence d'une attention à l'autre, d'une volonté d'établir le lien. Les professionnelles regrettent de ne pas pouvoir faire plus dans cette direction, mais leur protestation ne signifie pas qu'elles sont totalement empêchées de porter une attention aux personnes.

Reconnaître que la réalité ne peut se réduire à des oppositions binaires entre le registre affectif et impersonnel ne veut pas dire que les professionnelles ne rencontrent pas de problèmes. Les pressions s'exercent d'abord par en haut, par la multiplication des dispositifs, les injonctions partenariales et bureaucratiques, la nécessité de faire entrer ce qui relève de la relation dans des métriques. Elles s'exercent aussi par en bas, par la confrontation avec des publics qui ne sont pas, ou plus, dans la déférence vis-à-vis d'elles et qui exigent des droits, dont ils ont une connaissance plus ou moins précise par Internet. Le savoir des professionnelles est remis en cause ; ces dernières sont réduites à un rôle d'adjuvant pour accéder à des prestations dont la légitimité n'est pas toujours acquise à leurs yeux. Il faut ici garder à l'esprit leur fragilité et la proximité de leur situation avec celle de leurs usagers pour saisir les raisons de leur volonté de les mettre à distance.

L'un des problèmes qui apparaît alors est la difficulté de communication, d'établissement même du lien entre des représentantes des institutions et des populations qui en sont très éloignées dans leur vie quotidienne, voire qui sont en opposition avec elles.

À quelle nouvelle idée de la solidarité le travail social pourrait-il s'accrocher pour retrouver pleinement son sens ? Quel rôle réellement émancipateur donner aujourd'hui à la protection sociale ?

La période de la pandémie, par les circonstances exceptionnelles qu'elle a créées, a constitué un révélateur des conditions de possibilité d'un travail social dont les pratiques et les valeurs seraient alignées. D'abord, la pandémie a rendu visible le travail social, d'une manière paradoxale. L'urgence et l'ampleur des besoins ont attesté de son rôle essentiel. Comme pour les médecins hospitaliers, les contraintes bureaucratiques ont été allégées, le sens a alors pu être retrouvé. Pour les femmes qui exerçaient à domicile, en télétravail, de nouveaux liens, moins froids et plus symétriques, ont pu être établis avec les usagers, également confinés, et leur activité quotidienne a été rendue visible au sein de leur famille.

Des changements de posture et des formes de reconnaissance ont pu être conquis. Enfin, la période a renforcé la conscience de la nécessité d'aller vers les personnes, de redéployer un travail social replié sur lui-même dans les espaces vécus, investis par les personnes à qui l'aide est apportée. Cette nouvelle manière d'exercer le travail social est peut-être plus en phase avec les attentes ; elle place les professionnelles dans une posture dynamique, ouverte. On peut définir l'« aller-vers » comme une *« démarche d'approche et d'immersion auprès des populations restées à l'écart des politiques sociales et de santé publique*[2] *»*. Cette démarche est un retour à des formes traditionnelles d'intervention sociale, mais elle permet de rétablir un lien avec les conditions de vie des personnes et des groupes. Elle est au pôle opposé de l'intrusion et de la surveillance qui se développent dans le cadre de la multiplication des contrôles et de lutte contre la fraude aux prestations sociales. Grâce aux « progrès » technologiques et au développement de l'informatique, mais aussi à l'avènement d'un corps de professionnels spécialisés, la surveillance et la punition des plus modestes sont sans doute plus diffuses et efficaces que lorsqu'elles étaient théorisées par les chercheurs inspirés par Michel Foucault dans les années 1970[3] !

Un autre aspect décisif est de sortir le travail social d'une double approche, individuelle et curative, des situations. De nouvelles formes de relation, même balbutiantes, même expérimentales, émergent dans le travail social collectif ou communautaire. Le Québec, où cette dimension ne fait pas polémique et véhicule une approche politique de l'assistance et des droits des personnes, est un contexte riche d'enseignements, culturellement proche de la France et donc susceptible de faire l'objet d'appropriations et d'enrichissement. Ce point est d'autant plus important que, comme l'a rappelé le Comité national des politiques de lutte contre la pauvreté et l'exclusion sociale dans son rapport sur les effets sociaux de la crise sanitaire, les solidarités de proximité sont effectives, indispensables, mais fragiles[4]. Elles doivent donc être reconnues, soutenues et non

2 - Évelyne Baillergeau et Hans Grymonprez, « "Aller-vers" les situations de grande marginalité sociale, les effets sociaux d'un champ de pratiques sociales », *Revue française des affaires sociales*, n° 2, 2020, p. 117-136.

3 - Voir Vincent Dubois, *Contrôler les assistés. Genèses et usages d'un mot d'ordre*, Paris, Raisons d'agir, 2021.

4 - Nicolas Duvoux et Michèle Lelièvre (sous la dir. de), *La Pauvreté démultipliée. Dimensions, processus et réponses (printemps 2020-printemps 2021)*, préface de Fiona Lazaar, rapport du Comité national des politiques de lutte contre la pauvreté et l'exclusion sociale au Premier ministre, mai 2021.

stigmatisées comme communautaires. Il en va de même des initiatives qui émergent pour croiser, voire intégrer, les prises en charge sanitaires et sociales, idéalement dans une approche collective et préventive[5].

L'une des voies les plus prometteuses est de considérer que l'arsenal de prestations sociales et de droits auxquels peuvent prétendre les publics est un socle de sécurisation, à partir duquel les personnes peuvent construire leur vie[6]. Cette approche serait moins normative que les politiques sociales actuelles, centrées sur l'accès et la reprise d'emploi et tendant à sanctionner toute déviance – sauf en cas d'incapacité manifeste, d'où la centralité de la question du handicap dans nombre de débats contemporains, même si les défenseurs de cette « cause » la situent délibérément en dehors des prestations à finalité sociale. L'individualisation des prestations est un enjeu ; l'accès à une plus grande sécurité de revenus pour les femmes, quelle que soit leur situation conjugale, est un des effets à attendre d'une telle conception d'un socle de droits pour la société des individus. Ce socle de droits est un point de départ et non un point d'arrivée, qui peut étayer une organisation collective des personnes elles-mêmes, en lien ou non avec des institutions, qui permet de se tourner vers autrui sans dépendre de lui.

L'arsenal de prestations sociales et de droits auxquels peuvent prétendre les publics est un socle de sécurisation, à partir duquel les personnes peuvent construire leur vie.

N'assiste-t-on pas aujourd'hui à une extension sans précédent du travail social ? Cette fonction n'est-elle pas elle-même débordée par d'autres activités, de* coaching *et de* care*, qui suggèrent une gouvernementalité des précaires (qui ne se confond pas avec un tournant néolibéral qui les abandonnerait) ?

Le développement du *coaching* s'inscrit plutôt dans le sens d'une promotion de la gouvernementalité néolibérale[7]. Il en va de même d'autres

5 - Voir N. Duvoux et Nadège Vezinat (sous la dir. de), *La Santé sociale*, Paris, Presses universitaires de France, coll. « La Vie des idées », 2022.

6 - Cette sécurisation est l'envers de l'insécurité sociale durable, caractéristique du continuum de situations sociales dégradées entre l'assistance et les segments inférieurs du salariat ou de l'indépendance. Voir N. Duvoux et Adrien Papuchon, « Qui se sent pauvre en France ? Pauvreté subjective et insécurité sociale », *Revue française de sociologie*, vol. 59, n° 4, 2018, p. 607-647.

7 - Voir Scarlett Salman, *Aux bons soins du capitalisme. Le coaching en entreprise*, Paris, Les Presses de Sciences Po, coll. « Académique », 2021.

évolutions sociales profondes, comme l'individualisation de la rémunération des salariés, la reconnaissance du mérite individuel et de l'entrepreneuriat, bien au-delà de l'indépendance, qui est une valeur sociale émergente, à rebours de la société salariale dans laquelle le travail social s'est construit avec et contre les modèles traditionnels d'intégration[8].

Il y a bien une diffusion de ce que l'on pourrait considérer comme le cœur de métier du travail social : le soin, l'attention à l'autre, l'écoute. J'ai déjà évoqué l'hybridation des modèles avec le bénévolat et les aidants mais, comme vous le suggérez, cela va bien au-delà. La diffusion de ces valeurs est ambiguë, stratifiée et peut apparaître comme injuste pour les professionnelles. Les fonctions de celles-ci sont centrales, essentielles et la diffusion du rôle qu'elles exercent se fait sous des formes qui leur ôtent une partie de leur « territoire » professionnel, en même temps que leur manque de reconnaissance est criant. Des experts autoproclamés, moins compétents mais mieux payés, s'adressent à des cadres supérieurs en mal de sens et en quête d'authenticité ; des professionnels du service, pour les plus riches notamment, se développent. Un marché du développement personnel cherche à apporter aux individus un étayage que les institutions ne leur procurent plus ou qu'elles peuvent privatiser. Cette reconnaissance est donc hautement paradoxale et douloureuse, car elle redouble le déni de compétence et d'utilité qui leur est opposé.

La réalité présente aussi des signes qui inclinent à l'optimisme. Je pense notamment aux dynamiques générationnelles à l'œuvre dans le travail social, qui me semblent tout à fait fondamentales[9]. Un survol rapide de cette question conduit au constat implacable d'une dépolitisation massive des professionnelles, dont l'action serait normalisée par l'inflation de dispositifs et le prisme managérial et bureaucratique dans lequel les métiers sont envisagés. Mais la prise en compte de l'humain, de ses souffrances et la contestation des structures sociales qui produisent celles-ci font retour. Des formes de politisation émergent au sein des jeunes générations qui, de l'intérieur ou à l'extérieur du travail social, questionnent ses méthodes et ses finalités. La question du handicap et de sa prise en charge fait l'objet d'une politisation croissante, comme le respect des droits des personnes

8 - Voir Sophie Bernard, *Le Nouvel Esprit du salariat. Rémunérations, autonomie, inégalités*, Paris, Presses universitaires de France, 2020.

9 - Voir N. Duvoux et Pauline Mutuel, « Conflits de générations dans le travail social : oubli du métier ou nouvelles formes d'engagement ? », *La Revue française du service social*, nº 267, décembre 2017.

et la lutte contre les sanctions dont elles font l'objet. La lutte contre les violences conjugales et les asymétries de genre, notamment, s'inscrit dans le cadre de l'activité. Le travail social, entendu comme une activité émancipatrice en prise critique avec les institutions dans lesquelles il évolue, n'a sans doute pas dit son dernier mot.

Propos recueillis par Fabienne Brugère et Guillaume Le Blanc

Le tuteur de résilience

Le travail social en contexte individualiste

Nicolas Marquis et Fadoua Messaoudi

Le travail social met en lumière de façon éclatante les tensions morales qui traversent les sociétés libérales et individualistes de masse. Les réformes dont les différentes institutions du travail social font l'objet depuis plusieurs décennies et qui sont parfois perçues comme autant de coups de boutoir[1] ne sont que la face émergée du problème. On pourrait même poser la question en ces termes : ces sociétés disposent-elles encore du vocabulaire et de la grammaire qui permettent de comprendre certaines des formes pourtant classiques du travail social (par exemple, l'aide inconditionnelle ou à durée indéterminée) ?

Si l'autonomie individuelle, comme configuration de droits et de devoirs, est aujourd'hui considérée comme une valeur fondamentale, si l'action considérée comme la plus prestigieuse et la plus efficace est celle que chacun réalise de lui-même et éventuellement sur lui-même, si la possibilité de cette action est pensée comme logée en chacun d'entre nous et disponible pour autant que nous la cherchions suffisamment, si « le social » est perçu par le sens commun comme un niveau de réalité générant des problèmes et des limitations (par exemple, parce que incapable de reconnaître le potentiel en chacun), si les anti-modèles s'incarnent dans les termes de l'institution, de l'intrusion, de la contrainte et du paternalisme, que peut encore signifier, dans ce contexte individualiste, le « travail social » ? Quelle pourrait être une forme considérée à la fois comme légitime et efficace d'une intervention sur ou avec autrui ?

1 - Voir Robert Castel, *L'Insécurité sociale. Qu'est-ce qu'être protégé ?*, Paris, Seuil, coll. « La République des idées », 2003.

Quel travail social dans une société de l'autonomie ?

Aujourd'hui, les controverses autour du travail sur autrui montrent une délégitimation grandissante de formes verticales d'intervention, où un agent ou un expert travaillent *sur* ou *pour* un bénéficiaire, un usager ou un patient, au profit de formes plus horizontales de partenariat ou de contrat, où les deux parties coopèrent sur le projet (de vie, de soin, de réinsertion, d'emploi, etc.) d'un individu afin de développer, de soutenir ou de réparer son autonomie. Dans cette reconfiguration idéale, une division des tâches s'installe : au bénéficiaire la définition des *fins*, en fonction de ses envies (et peut-être de ses capacités), au travailleur la responsabilité de veiller à ce que les *moyens*, les appuis, les conseils techniques suivent, dans la mesure du possible. Par conséquent, l'objet du travail dit social change. Il s'agit moins, sauf situation d'urgence, de chercher à atteindre un objectif substantiellement défini (avoir un emploi ou un logement, par exemple) que de viser l'augmentation de la marge de manœuvre ou du *pouvoir d'agir* d'un individu en vue précisément de restaurer ou d'améliorer son autonomie – une action sur l'action, ou sur ses conditions de possibilité.

Ce modèle moral, qui irrigue aujourd'hui de nombreuses politiques publiques et devient l'horizon normatif de l'intervention sur autrui, recoupe les idéaux d'une société dans laquelle l'action individuelle fondée sur le potentiel de chacun est considérée comme le niveau de réalité le plus pertinent. Son axiomatique est cependant très exigeante et peut d'ailleurs croiser les propositions qu'on retrouve dans le jeu de langage du développement personnel : l'étincelle est en chacun et il s'agit de la chercher ou de trouver l'environnement adéquat pour qu'elle se révèle ; il n'y a aucune situation dans laquelle un individu est complètement bloqué – ou *helpless*, comme on dit en psychologie positive ; une situation finit par devenir ce qu'on se représente. Mais la présupposition la plus marquante peut être formulée en ces termes : d'une façon ou d'une autre, tous les individus en perte d'autonomie qui se retrouvent confrontés au travail social pourraient et devraient comprendre et partager l'attrait pour une autonomie et un pouvoir d'agir recouvrés.

La question de savoir ce que devient le travail social dans ce contexte est travaillée par les sciences sociales depuis des décennies. Elle occupe également au quotidien l'esprit de travailleurs du social, de l'emploi à la santé (mentale), en passant par le logement ou tant d'autres domaines : qu'est-ce qu'on fait en réalité ? Comment doit-on s'appeler : des coachs, des facilitateurs ou encore des référents ? Et les personnes sur ou avec lesquelles on travaille sont-elles des usagers, des patients, des bénéficiaires, des clients ou des partenaires ? Qu'est-il légitime de faire et d'attendre des parties en présence ? À quel moment une séquence peut-elle être lue comme une réussite ou un échec, et à qui en imputer la responsabilité ? Peut-on faire le bien d'une personne malgré elle ? Comment éviter qu'une personne gâche ses atouts et, au fond, qu'est-ce qu'une vie qui vaut la peine d'être vécue ?

Quand l'autonomie n'intéresse pas

Dans les équipes et les institutions du travail social, ces interrogations sont remises sur le métier de façon quasiment continue. Une configuration en particulier, rencontrée très régulièrement, la ravive : lorsque la personne cible du travail social ne répond pas au présupposé, évoqué plus haut, selon lequel l'autonomie est désirable, alors même qu'elle est au fondement du modèle d'une collaboration entre partenaire visant à l'*empowerment*. Autrement dit, lorsqu'une personne ne semble pas incapable d'acquérir plus d'autonomie, mais qu'elle manifeste, d'une façon ou d'une autre, que cela ne l'intéresse pas tant que ça – pas plus que d'être le partenaire des intervenants sociaux.

Fabrice est résident dans une communauté thérapeutique en Belgique. Cet établissement, qui héberge pour une durée de deux ans maximum une vingtaine de personnes souffrant de troubles psychiques graves, possède le mandat d'un « centre de revalidation psychiatrique dédié à la réhabilitation psychosociale ». Son règlement la définit comme *« un lieu institutionnel pouvant mobiliser le potentiel créateur, susciter l'éveil et offrir une "relance" de la responsabilité et de l'autonomie ; pouvant permettre ainsi la réappropriation d'une position dans le tissu social »*. Il précise aussi : *« Il est attendu que les résidents ne reçoivent pas les soins passivement, mais soient les acteurs d'une participation active au fonctionnement de la communauté à travers la prise de responsabilité dans la gestion quotidienne de la communauté. »* Si Fabrice est un cas difficile pour l'équipe soignante, ce n'est pas en raison des idées délirantes qui parfois l'habitent. Il n'est pas non plus violent ni difficile d'accès. Simplement, Fabrice ne semble pas intéressé à jouer le rôle de partenaire dans un chemin vers plus d'autonomie que lui propose une équipe soignante nourrie par les idéaux normatifs présentés plus haut. À ses référents qui, lors d'une réunion bilan, soulignent auprès de Fabrice ses progrès mais aussi le souhait que celui-ci passe moins de temps dans sa chambre et plus dans les pièces collectives de l'institution, Fabrice répond : *« Je descendrai plus souvent si on rend ça obligatoire. La réunion ici, c'est pour dire qu'est-ce qu'on peut faire pour m'aider. Qu'est-ce qu'on peut faire pour moi ? Si je peux donner une proposition : il faut m'obliger. »* L'assistant social : *« Mais pourquoi vous voulez qu'on vous oblige ? Vous avez déjà la possibilité de descendre* [dans les parties communautaires]. *»* Fabrice : *« Oui, mais moi je dois me forcer pour être en bas, et j'ai pas la volonté. »* La psychologue : *«* [Être plus présent dans l'institution]*, c'est pas seulement notre demande, c'est aussi ta demande. Dans l'habitation protégée* [appartement thérapeutique où Fabrice souhaite aller], *tu sais qu'ils vont attendre que tu sois là. Ils vont te demander d'être plus actif. Il faut un vrai rythme. Ici dans la réunion, c'est un peu la question de comment on peut soutenir ta demande. »* Fabrice : *« Ben, déjà avoir de la patience avec moi. Mais aussi continuer à m'obliger à ranger ma chambre. »* Si Fabrice met au défi ses référents, c'est parce qu'en demandant d'être obligé, il foule aux pieds l'idéal normatif et thérapeutique d'une relation collaborative que les travailleurs considèrent comme plus respectueuse et plus efficace. Ceux-ci estiment que leur rôle est de *« soutenir la demande »*. Mais comment faire quand la demande n'est pas suffisamment là et que le bénéficiaire appelle de ses vœux ou impose par manque de coopération que soit exercé ce qui est désormais honni, au moins dans l'idéal, à savoir une forme de contrainte ?

La question se pose avec acuité avec l'oxymore de « l'aide contrainte » dans le secteur de l'aide à la jeunesse. En Belgique francophone, elle s'appelle « aide spécialisée ». À la différence de l'aide sociale générale dispensée par les services de première ligne, qui vise à prévenir les risques de non-respect des droits des jeunes et de leur famille, l'aide spécialisée suit une « demande » qui n'est plus émise de façon spontanée, mais est prescrite par un tiers qui oblige juridiquement les bénéficiaires à recourir à de l'aide ou à l'accepter. Parmi les dispositifs chargés par le judiciaire de prodiguer cette aide non souhaitée, on retrouve les services d'accompagnement socio-éducatif (Sase), dont la mission est d'intervenir pour éviter que le jeune se mette en danger, voire mette en danger la société dans le cas où il a été jugé pour une infraction qui, s'il avait été adulte, aurait conduit à des poursuites judiciaires.

Danger pour soi, danger pour autrui : c'est le cas d'Arthur, 17 ans, qui a commencé un accompagnement pour une mise en autonomie (en appartement supervisé) en avril 2019. Entre-temps, son dossier est passé au tribunal de la jeunesse, car Arthur a été arrêté pour détention de stupéfiants : il consommait du cannabis. Malgré cette judiciarisation, le Sase est resté mandaté pour l'accompagner dans son projet d'autonomie. Comme Fabrice, Arthur et sa situation perturbent l'équipe. Arthur ne souhaite de l'aide de ses intervenantes que très modérément, puisqu'il ne la sollicite que pour bénéficier d'un appartement supervisé, alors qu'il y a maintenant d'autres conditions à respecter pour y prétendre. Arrêté plusieurs fois pour trafic et détention de stupéfiants, Arthur est désormais sous le coup d'un sursis de six mois assorti de plusieurs conditions à respecter impérativement : développer un projet de vie (trouver un travail ou fréquenter assidûment l'école) ; participer régulièrement au suivi avec le Sase ; réaliser soixante heures de travaux d'intérêt général ; cesser toute détention de stupéfiants ; mettre en place un bilan de santé dans une clinique pour évaluer sa consommation et ses effets sur différents aspects de sa vie. En cas de non-respect de ces conditions, Arthur sera placé six mois en institution publique de protection de la jeunesse (IPPJ). Il risque donc gros – et il le sait – s'il ne collabore pas activement.

Claudia, sa psychologue référente, partage avec ses collègues son impression de ne pas avoir de prise sur Arthur : *« Et par rapport aux arrestations, à tous les événements qu'il vit dans la vie, il se montre très détaché* [elle souffle]*, très distant en fait. Donc "par rapport à élève libre, qu'est-ce tu en penses, qu'est-ce que ça te fait ?" ; "bah rien, tant que j'ai pas reçu la décision et tant qu'il n'y a pas une décision pour moi". "Et par rapport au risque de remettre en discussion ton projet de mise en autonomie, ou d'aller en IPPJ ?" ; "ouais, je sais, mais tant que ce n'est pas le cas, je peux pas m'inquiéter." Il est très passif. »* Claudia s'interroge donc et soumet son questionnement au reste de l'équipe : *« Comment être plus cadrante vis-à-vis d'Arthur pour l'aider à ce qu'il se reprenne en main ? »* L'objectif de l'aider à ce qu'il se reprenne en main suppose de trouver les moyens de dépasser ce qui l'empêche d'agir, en même temps que d'induire chez lui un changement afin qu'il intègre et fasse siennes des normes auxquelles il n'adhère pas forcément, et qu'il prenne la mesure

À la croisée des métiers impossibles de Freud, des fables d'Ésope et des mantras du développement personnel, il s'agit d'aider la personne à s'aider elle-même.

des risques qui pèsent sur lui. À la croisée des métiers impossibles de Freud, des fables d'Ésope et des mantras du développement personnel, il s'agit de l'aider à s'aider lui-même.

L'équipe partage l'inconfort dans lequel se trouve Claudia. Maher (éducateur spécialisé) : *« Moi, à la place de Claudia, je ne trouverais pas ça facile d'avoir ce job. Entre la juge qui met ses conditions strictes, et un jeune qui en a ri-en-à-fou-tre* [sourire]*, c'est un peu le grand écart ! Du coup, l'intervenant doit être, voilà, écartelé entre ces deux positions. La question du cadre, je suis assez d'accord que ce n'est pas forcément ce qui fonctionne avec lui. Donc trouver des petits moyens peut-être, comme ça, détournés, de l'accompagner autrement. »* Mathieu (directeur et sociologue) : *« Et en tout cas, je pense que si j'étais Claudia, je n'essaierais pas d'être copine avec lui. En même temps, il faut pas être l'adulte chiant qui remet le cadre. »* Élisabeth (psychologue) : *« Être tuteur de résilience ! Trop facile !* [rires] *»*

« Tuteur de résilience » semble constituer la bonne posture à adopter, quand bien même on ne sait pas trop à quoi cela correspond *(« Trop facile ! »)*, ce qui est sans doute une partie de l'explication du succès de l'expression. Quand sont disqualifiées tant une posture d'encadrement (jugée trop verticale) qu'une posture proximale, quand éclate la tension entre le mandat prescrit garantissant le respect des conditions strictes posées par la juge et *« l'auto-mandat[2] »* que se donne Claudia face à l'indifférence apparente d'Arthur de ne pas baisser les bras et de continuer à chercher son consentement, quand les idéaux normatifs du modèle collaboratif butent sur une réalité qui semble appeler la contrainte, les travailleurs du social, professions à pratique prudentielle[3] par excellence, bricolent pour tenir ensemble des exigences qui partent dans des directions différentes – et pour continuer à trouver du sens à leur travail.

Trouver ici une évocation de la « résilience » ne devrait plus surprendre, vu le succès de la catégorie[4]. Elle cristallise l'idéal que, malgré les accrocs de la vie, la résilience est ce processus inscrit « neuronalement » en chacun de nous, comme le prétend Boris Cyrulnik[5]. Autrement dit, mieux est toujours possible, parfois même grâce au malheur. Cette anthropologie correspond

2 - Bertrand Ravon et Pierre Vidal-Naquet, « Les épreuves de professionnalité, entre auto-mandat et délibération collective. L'exemple du travail social », ***Rhizome*****, nº 67, 2018, p. 74-81.**

3 - Voir Florent Champy, ***La Sociologie des professions*****, Paris, Presses universitaires de France, 2009.**

4 - Voir Nicolas Marquis, « Déprise, sorcellerie et résilience », dans Martin Dumont et Nathalie Zaccaï-Reyners (sous la dir. de), ***Penser le soin avec Simone Weil*****, Paris, Presses universitaires de France, 2018, p. 183-193.**

5 - Voir Boris Cyrulnik, ***De chair et d'âme*****, Paris, Odile Jacob, 2006.**

bien à l'idéal de l'étincelle en chacun de nous. Elle distribue aussi les responsabilités comme convenu : à Arthur d'être résilient, à l'équipe de créer l'ambiance pour qu'il le soit. Mais à quelles règles pratiques ce modèle du « tuteur de résilience » peut-il bien correspondre ? À quelle forme de travail social peut-il donner lieu ? Dans les ressources volontiers compulsées par ces travailleurs sociaux, on retrouve une fameuse étude de Jacques Lecomte sur *« le triangle fondateur de la résilience »* : *« C'est lorsqu'un (ou des) adulte(s) manifeste(nt) de la sensibilité (le Lien) et impose(nt) des règles (la Loi) que le jeune peut trouver de la signification et une orientation pour son existence (le Sens). »* Ainsi, les professionnels manifestent de la sensibilité en cherchant à créer du lien : *« Ils manifestent de l'empathie et de l'affection, s'intéressent prioritairement aux côtés positifs de la personne, laissent à l'autre la liberté de parler ou de se taire, ne se découragent pas face aux échecs apparents, respectent le parcours de résilience d'autrui, facilitent l'estime de soi d'autrui et évitent les gentilles phrases qui font mal*[6]. »

L'état d'esprit bienveillant (empathie, positivité et respect) du tuteur de résilience rapproche en réalité celui-ci de la figure d'un coach, donnant aux individus, *via* des exercices, de l'écoute ou, grâce à la simple confiance qu'il a dans les capacités d'autrui, les moyens de produire eux-mêmes les changements dont ils ont besoin.

Les « petits moyens détournés »

Quel que soit l'avis que l'on se forge sur le bien-fondé de la figure du tuteur de résilience, il faut reconnaître qu'elle n'offre pas de solution pratique et immédiate au dilemme de Claudia à l'égard de la situation d'Arthur : qu'est-ce qu'être un tuteur de résilience pour quelqu'un qui, par son comportement et son attitude indifférente, semble précisément mettre en péril son parcours de résilience, en menant tout droit vers une détérioration objective de la situation ?

C'est précisément la question que se posait implicitement Claudia lorsqu'elle se demandait comment être « cadrante » face à un jeune qui *« envoie tous les cadres à la gare »*. Ses collègues l'ont amenée à reconsidérer ce choix en l'invitant à penser le cadre différemment. Ils lui ont ainsi proposé d'intervenir par *« de petits moyens détournés »* – ironie d'un *nudge* visant à

6 - Jacques Lecomte, « Les caractéristiques des tuteurs de résilience », *Recherche en soins infirmiers*, n° 82, 2005, p. 22-25.

faire d'une personne un partenaire malgré elle – pour rentrer ou rester dans le registre d'action idéal du « faire faire » (plutôt que « faire pour[7] »), en *poussant à* devenir autonome par la persuasion et non l'obligation. Que propose-t-on à Claudia, « tuteur de résilience », afin qu'Arthur puisse produire lui-même le changement nécessaire à ce qu'il souhaite obtenir, à savoir un appartement supervisé, et sans qu'il se mette encore plus en danger ?

Premièrement, l'équipe l'invite à identifier qui, dans l'entourage d'Arthur, fait figure d'attachement. L'une des intervenantes de l'équipe, psychologue, explique à ce propos combien les adolescents, dans leur recherche d'identité, ont souvent besoin de faire les choses pour une ou plusieurs personnes importantes pour eux, plus que pour eux-mêmes. Il s'agirait de chercher ce qui motive à agir chez le jeune, et d'agir à travers cela.

Deuxièmement, il s'agirait, pour le tuteur de résilience, de valoriser Arthur, en lui renvoyant les compétences qu'il a été capable de développer par le trafic de drogues, telles que *« la gestion du stress, la comptabilité, voilà, acheter des produits, les revendre, ne pas se faire se prendre. Ce sont des compétences commerciales, sauf que là, la substance qu'il a décidé de vendre n'est pas permise. Et donc pouvoir le valoriser là-dedans en essayant de lui montrer qu'il pourrait les mettre à un autre profit. Je ne dis pas qu'il faut le féliciter et l'applaudir pour ça, mais voilà, essayer de trouver du positif là-dedans et pouvoir le valoriser ».*

Troisièmement, il faudrait aller manger avec Arthur dans un environnement plus informel en envoyant ainsi, comme ce dernier, le cadre à la gare. Cette recherche de proximité a aussi pour objectif de montrer par l'exemple qu'il est possible de ne pas respecter un cadre, *« de manière à ce que ça nous rende service plutôt que ça nous desserve ».*

Quatrièmement, Claudia pourrait laisser à Mathieu, le directeur, le soin d'échanger avec Arthur afin de lui rappeler *« avec bienveillance »* les termes du contrat.

Les jeux de langage présents dans ces invitations sont révélateurs des règles que suivent les travailleurs sociaux lorsqu'ils se pensent comme des tuteurs de résilience. D'une certaine façon, ces moyens détournés expriment une sorte de bon sens individualiste. Ils ont pour point commun de chercher à s'opposer au chantage et à la menace. Ils participent d'un

7 - Voir Livia Velpry, *Le Quotidien de la psychiatrie. Sociologie de la maladie mentale*, préface d'Alain Ehrenberg, Paris, Armand Colin, 2008, p. 245.

acte de foi selon lequel quelque chose est toujours possible, pour autant qu'on ne baisse pas les bras face aux difficultés apparentes. Ils partagent l'importance aujourd'hui donnée à la façon dont on se représente les choses et à ses conséquences : la valorisation de la personne est, en effet, le fer de lance de l'intervention du service ici pris en exemple.

Être un travailleur du social « coach » ou « tuteur de résilience », cela reviendrait à intervenir à la fois sur l'environnement de la personne et sur sa demande. L'enjeu est de mettre en place les conditions de possibilité de l'action, qu'elles soient extérieures à l'individu (et le travailleur du social se fait créateur d'ambiance et d'opportunité) ou intérieures à celui-ci (et le travailleur se fait le potentialisateur de l'estime de soi, le garant qu'il existe des ressources que la personne ne mobilise pas encore). Dans les deux cas, les professionnels s'inquiètent systématiquement de parvenir à tenir ensemble le rappel du cadre *et* la préservation (voire la création) du lien, le respect des règles ou des obligations et le développement ou l'entretien de l'envie (ou, dans les termes de la théorie du tuteur de la résilience, le *« rappel de la Loi »* et le *« travail sur le Sens »*). Seront ainsi privilégiés ces *« petits moyens détournés »* qui s'apparentent en fait au *nudging*, ces coups de coude visant au changement de comportement sans coercition, théorisés par l'économie comportementale[8]. Naviguant entre ces deux exigences, il s'agit, pour les travailleurs confrontés à des personnes qui les mettent à l'épreuve, de démontrer l'intérêt *et* les conditions de l'aide proposée, et surtout de permettre à la personne d'apprendre la façon de bien la solliciter – ni trop, ni pas assez.

Dans les équipes des travailleurs sociaux, à travers les doutes et les disputes de leurs membres, les solutions artisanales, leurs réussites et leurs échecs, se découvrent les règles de l'intervention sur ou avec autrui en contexte individualiste. Cela permet aussi de prendre la mesure des attentes qui pèsent sur les bénéficiaires et des tensions de ces dernières : aimer l'autonomie (mais pas n'importe laquelle) et ne pas se satisfaire du fait d'être administré (mais mobiliser tout de même l'aide).

Ce travail a été réalisé avec le soutien du Fonds spécial de recherche et du Conseil de recherche européen (financement n° 850754).

8 - Voir Richard H. Thaler et Cass R. Sunstein, *Nudge. Émotions, habitudes, comportements : comment inspirer les bonnes décisions*, trad. par Marie-France Pavillet, Paris, Vuibert, 2010.

Varia

Un procès pour l'exemple

Justifier la force plutôt que fortifier la justice

Bénédicte Chesnelong

Du 8 septembre 2021 au 29 juin 2022 s'est tenu à Paris, devant la cour d'assises spécialement composée, le procès de vingt personnes accusées d'avoir participé à la conception, préparation et/ou commission des attentats terroristes du vendredi 13 novembre 2015 au Stade de France et à Paris (sur les terrasses de plusieurs cafés de l'Est parisien et au Bataclan). Quatorze des accusés, âgés d'une trentaine d'années pour la plupart, ont comparu (dont trois libres sous contrôle judiciaire), les six autres sous le coup d'un mandat d'arrêt (cinq ayant été probablement tués dans la zone syro-irakienne lors de bombardements de la coalition internationale et le dernier étant détenu en Turquie) étant jugés en leur absence. Ce procès, filmé pour les Archives nationales, restera une première dans la vie judiciaire française tant par sa durée, le nombre de parties civiles (2 334) – qui dit, à lui seul, l'ampleur inédite de la catastrophe que furent ces attentats – que par la peine maximale, appliquée pour la première fois en matière terroriste, de réclusion criminelle à perpétuité, assortie d'une période de sûreté perpétuelle, prononcée contre le seul survivant du commando, Salah Abdeslam[1]. Selon le communiqué de ses avocats, celui-ci *« s'est résigné »* à cette peine, sans

1 - Hormis Mohamed Abrini, pour lequel la cour s'est alignée sur les réquisitions du parquet (perpétuité assortie d'une période de sûreté de vingt-deux ans), ces dernières ont été légèrement adoucies pour cinq autres accusés : pour trois d'entre eux, trente ans de réclusion criminelle avec une période de sûreté des deux tiers et, pour deux autres, dix-huit ans avec une période de sûreté des deux tiers ; celles des sept autres s'échelonnent entre dix et quatre ans de réclusion criminelle et deux ans d'emprisonnement pour le seul accusé à l'encontre duquel la qualification d'infraction terroriste n'a finalement pas été retenue. Les absents, commanditaires et organisateurs des attentats, ont été condamnés, comme Abdeslam, à la réclusion criminelle incompressible.

pour autant l'accepter, précisent-ils, même s'il a renoncé à faire appel, à l'instar de ses co-accusés.

Depuis les attentats du 11 septembre 2001, le monde a changé : découvrant avec sidération leur vulnérabilité et décrétant au lendemain de ceux-ci la « guerre » au terrorisme en adoptant le Patriot Act du 25 octobre 2001, les États-Unis ont légitimé un droit pénal d'exception. La nécessité d'une lutte globale contre un terrorisme devenu lui aussi global a favorisé, partout dans le monde, la propagation et la banalisation du tout-sécuritaire et une sur-pénalisation. Il n'est pas un attentat, en France, depuis le début du XXIe siècle qui n'ait été suivi de nouvelles lois, toujours plus répressives et plus restrictives pour les libertés de tous. En 2010, Mireille Delmas-Marty fustigeait le *« mythe d'une sécurité totale* […] *libéré par la guerre contre le terrorisme »* et soulignait que *« tout protéger, en tout temps et en tous lieux, est non seulement impossible techniquement mais marque aussi une rupture philosophique, contraire à l'idée même d'indétermination, donc de liberté individuelle, qui fonde le processus d'humanisation inscrit au cœur de l'État de droit*[2] *»*.

Que révèle le procès des attentats du 13-Novembre à cet égard ? Que dit-il de notre société face à l'imprévisibilité de la violence extrême et de la menace terroristes ? Que peut et que doit être, dans une démocratie, la justice face au terrorisme ?

Les victimes

Les plus de deux mille parties civiles (rescapés des attentats et proches des cent trente-deux personnes décédées lors ou à la suite de ceux-ci[3]), présentes ou représentées par près de trois cents avocats, ont occupé une place centrale pendant ce procès. Tout au long des débats, le président de la cour a choisi de les désigner sous le vocable de *« victimes »*. Ce parti pris sémantique ne doit rien au hasard. Les victimes du terrorisme[4] ne sont pas des victimes ordinaires. À travers elles, c'est l'État que

2 - Mireille Delmas-Marty, *Libertés et sûreté dans un monde dangereux*, Paris, Seuil, coll. « La couleur des idées », 2010, p. 30.

3 - Les attentats ont causé la mort de cent trente personnes et deux rescapés se sont suicidés quelque temps plus tard.

4 - Les victimes directes d'attentats peuvent, depuis 1990, prétendre au statut de *« victime civile de guerre »*.

souhaitent déstabiliser les terroristes en semant la peur. Le terrorisme est *« un échec »*, a rappelé le ministère public, pour lequel il était impérieux de *« rendre leur singularité aux victimes »*. Des sommes considérables ont ainsi été consacrées à la logistique de ce procès, hautement sécurisé, très médiatisé et suivi chaque jour par un certain nombre de parties civiles présentes à l'audience[5]. Le coût de la salle d'audience de cinq cent cinquante places (7,5 millions d'euros), équipée d'une régie et d'écrans de retransmission, édifiée au sein du palais de justice de l'île de la Cité et les 47 millions d'euros versés au titre de l'aide juridictionnelle (automatique en matière terroriste, quels que soient les revenus des justiciables) aux trois cents avocats des parties civiles suscitent néanmoins de légitimes questionnements, lorsque la justice française, au quotidien, dispose de très modestes moyens[6].

Comme pour mieux marquer le caractère sacré de la présence des parties civiles et de leur récit, leur temps, leur mode de prise de parole et leurs réactions au cours des débats n'ont jamais été restreints d'aucune façon. *« Les mots comblent une béance et font taire le silence – celui de la peur, peur de la peste, mais aussi celui de l'angoisse, plus diffuse, arrimée à nul objet particulier sinon la vulnérabilité essentielle d'un être qui se sait mortel*[7] *»*, explique l'historien Johann Chapoutot. L'auditoire gardera en mémoire les paroles déchirantes, souvent très intimes, que, pendant plus de trois mois, près de quatre cents parties civiles sont venues prononcer à la barre pour dire l'effroi et la douleur, les souvenirs épars d'une nuit d'horreur, leurs vies bouleversées, le chagrin, les souffrances physiques et/ou psychiques qu'elles ont endurées ce vendredi noir et pendant les mois et les années qui ont suivi. Près de deux cents de leurs avocats ont ensuite pris la parole pour le redire, certains se livrant, chose inédite dans une enceinte judiciaire, à des *« plaidoiries mémorielles »* en hommage aux morts. Ces jours-là, la grande salle aux bancs de bois blond où elles se tenaient, réunies en une communauté soudée par le malheur partagé, prenait des allures de sanctuaire et l'on aurait presque oublié que se jouait là le sort pénal de quatorze hommes.

5 - Débats par ailleurs retransmis en temps réel sur une webradio à l'intention des parties civiles.
6 - Voir Henri Seckel, « Procès des attentats du 13-Novembre : le montant des frais d'avocats des parties civiles fait débat », *Le Monde*, 4 juin 2022.
7 - Johann Chapoutot, *Le Grand Récit. Introduction à l'histoire de notre temps*, Paris, Presses universitaires de France, 2021, p. 19.

Cette étape du procès a été, sans surprise, suivie par un très grand nombre de médias, dont l'intérêt de beaucoup s'est émoussé par la suite, si l'on excepte les interrogatoires de Salah Abdeslam. Que fallait-il publier ? D'aucuns ont dit leur malaise de devoir se livrer à une sélection parmi les dépositions[8]. Certaines étaient spontanées, d'autres lues après avoir été écrites : pour les uns, par crainte, peut-on penser, d'être, à la barre, submergés par l'émotion ; pour d'autres, avec l'intention de trouver les mots justes et les formules qui frappent les esprits. Beaucoup ont dit leur souhait d'entendre les accusés s'expliquer sur les faits et leur volonté de ne pas céder à la haine.

« L'intimité dévoilée par le témoin est au cœur de notre société et du fonctionnement des médias[9] *»*, rappelle Annette Wieviorka. Médias dont les associations de victimes ont une parfaite maîtrise et qu'elles veillent à alimenter. À l'issue des dépositions des parties civiles, le représentant de l'une des associations a insisté, malgré les réticences du président de la cour à cet égard, pour que soient diffusés des images de la salle du Bataclan après l'arrivée des secours et un bref extrait de la bande-son captée pendant l'assaut des terroristes, afin que l'auditoire aille jusqu'au bout de l'enfer vécu par les victimes ce soir-là… Concernant les accusés, que celui qui réclamait cette diffusion espérait ébranler, c'était oublier que la « formation » d'un djihadiste consiste notamment à se nourrir d'images de violence, pour faire ensuite de son corps une arme de destruction massive de civils innocents, mais aussi en l'apprentissage de la médiatisation de la mort pour fédérer de nouveaux soutiens et semer la peur. Le jour de cette diffusion, qui était loin de faire l'unanimité, la salle d'audience était comble et nombre de rescapés présents étaient secoués par d'irrépressibles sanglots. Les rituels judiciaires, explique David Garland, sont, en matière pénale, *« des cérémonies qui en manipulant l'émotion suscitent un engagement très particulier de la part des participants et du public ; ils accomplissent ainsi une forme d'éducation sentimentale*[10] *»*.

Si la qualité de parties au procès pénal des plaignants et ce qu'elle confère comme droits n'ont pas à être mis en cause, le pouvoir cathartique que

8 - Voir Soren Seelow, Henri Seckel et Pascale Robert-Diard, « Procès des attentats du 13-Novembre : que dire ? Qu'écrire ? Que montrer ? », *Le Monde*, 31 octobre 2021.

9 - Annette Wieviorka, *L'Ère du témoin* [1998], Paris, Pluriel, 2013, p. 177.

10 - David Garland, *Punishment and Modern Society: A Study in Social Theory*, Chicago, The University of Chicago Press, 1990, p. 67 [nous traduisons].

d'aucuns prêtent au procès pénal, la place et l'espace de parole de plus en plus grands qu'on leur réserve pour cette raison lors des audiences, comme ce fut ici le cas dans des conditions extraordinaires et inédites jusqu'alors, entraînent un déséquilibre préoccupant entre les parties à la procédure, qui s'en trouve inévitablement malmenée – la présomption d'innocence profitant à l'accusé souvent mise à mal et la charge de la preuve incombant au parquet trop souvent négligée –, et obligent à s'interroger sur les réels ressorts de cette orientation.

Témoigner de l'expérience de la violence et de la proximité avec la mort, comme d'aucuns l'ont fait durant le procès, est certes nécessaire. Dans le beau livre qu'il a récemment consacré à Victor Klemperer, Georges Didi-Huberman rappelle que témoigner c'est *« mettre au jour, dignement, une certaine vérité des émotions, sans narcissisme sentimentaliste*[11] *»* et vouloir partager cette émotion pour renouer le lien avec autrui. Pour autant, le procès pénal n'est pas destiné à réparer les blessures psychiques des parties civiles, à leur permettre de rendre hommage à leurs proches qui sont morts ou à « faire leur deuil ». Les cours d'assises ne sont ni des cabinets de psychothérapeutes, ni des lieux de culte. Comme le soulignait Robert Badinter, *« la justice pénale n'a pas pour mission d'être une thérapie de la souffrance des victimes. Elle a une fonction répressive, dissuasive et expressive, car elle exprime les valeurs de la société. Mais elle ne saurait avoir une finalité thérapeutique*[12] *»*. Le temps de la reconstruction post-traumatique et le temps du deuil sont propres à chacun et ne peuvent épouser le temps de la procédure.

Les réseaux sociaux et l'usage que beaucoup en font aujourd'hui en y racontant leurs heurs et malheurs les plus intimes ont achevé de brouiller la séparation entre vie publique et vie privée. Dans cette grande confusion, il est illusoire, sinon dangereux, de prêter au procès pénal des fonctions et vertus qu'il n'a pas, même s'il constitue une étape dans la vie de toutes les parties à la procédure, qu'il s'agisse des victimes ou des accusés. Selon le psychiatre et anthropologue Richard Rechtman : *« Laisser croire que la scène judiciaire peut avoir des vertus restauratrices pour les victimes est un leurre. Le procès n'est pas une cérémonie d'obsèques. Le statut de*

11 - Georges Didi-Huberman, *Le Témoin jusqu'au bout. Une lecture de Victor Klemperer*, Paris, Éditions de Minuit, 2022, p. 76.
12 - Entretien avec Robert Badinter, « Ne pas confondre justice et thérapie », *Le Monde*, 8 septembre 2007.

victime survendu par les médias enferme plus qu'il ne libère et soulage. Reconstruire l'intime fracturé ne peut se réaliser en public[13]. »

Accusés ou ennemis ?

« L'enfer est vide, les démons sont ici. » En citant Shakespeare, pour introduire, le 8 juin 2022, leur grand récit de la conception, des préparatifs et de la réalisation des attentats, les représentants du parquet national antiterroriste (PNAT) donnaient le ton et entendaient sans doute, ce disant, justifier les peines d'une extrême sévérité qu'ils allaient requérir contre la plupart des accusés. Plus que la démonstration de la responsabilité pénale de chacun d'eux, comme la loi pénale le lui impose, c'est l'histoire captivante – parce que simplifiée – d'une expédition collective punitive menée par des *« ennemis »* de l'Occident qu'a livrée le ministère public, avec le dessein d'accréditer la thèse de la coaction de ses membres, de leur interchangeabilité et de la scène unique de crime. Abdeslam pouvait ainsi se voir imputer la tentative de meurtre sur les forces de l'ordre intervenues au Bataclan[14], seule façon d'assortir la réclusion criminelle à perpétuité qu'il encourait d'une période de sûreté incompressible. Estimant que la radicalisation des accusés était à l'origine des actes qui leur étaient reprochés, mais persuadé de leur impossibles déradicalisation et renonciation à la violence, le PNAT considérait que la prison, bien qu'étant *« un accélérateur de radicalisation »*, restait *« la seule solution acceptable »*.

Les cours d'assises ne sont pas les tribunes préférées du djihadisme, qui ne reconnaît pas les lois de la République comme siennes. Ce désaveu, lorsque certains décident de ne pas comparaître, va jusqu'à considérer l'assistance d'un avocat comme superflue. C'est l'option assez radicale qu'a choisie Salah Abdeslam pendant les presque six années qu'ont duré les informations ouvertes contre lui, tant en France qu'en Belgique. Quelques mois avant l'ouverture du procès de Paris, il désignait néanmoins pour sa défense Maître Olivia Ronen et Maître Martin Vettes. Placé à l'isolement total pendant sa détention provisoire en Belgique

13 - Richard Rechtman, « Être victime : généalogie d'une condition clinique », *L'Évolution psychiatrique*, vol. 67, n° 4, octobre-décembre 2002, p. 775-795.

14 - Le 13 novembre, Salah Abdeslam ne s'est pas rendu au Bataclan, puisqu'après avoir déposé ses passagers au Stade de France, il a abandonné sa voiture dans le 18e arrondissement et s'est dirigé vers Montrouge, où on est venu le chercher pour le ramener en Belgique.

puis en France, ses déclarations fracassantes lors des premières audiences présageaient d'une faible coopération de sa part à la manifestation de la vérité. Il en alla différemment par la suite, même si son comportement d'une audience à l'autre se révéla très erratique. Son refus de répondre à certaines questions des avocats des parties civiles lui valut d'être traité de *« lâche »* par l'un des membres du PNAT, à l'émotivité d'évidence mal contenue. Certains de ses autres co-accusés optèrent pour le silence, voire la chaise vide, d'autres pour un dialogue plus ouvert avec la cour, le parquet et les avocats des parties civiles, même si parfois certains biaisèrent ou refusèrent eux aussi de répondre à certaines questions. Dix mois plus tard, un avocat de parties civiles leur fit le reproche de *« n'avoir pas été à la hauteur de leur procès »* ! Se taire est un droit ; des accusés en ont fait usage, plus ou moins, laissant des zones d'ombre et de mystère, comme il en subsiste dans tout procès.

Seul survivant des commandos du 13-Novembre, Salah Abdeslam a concentré toute l'attention et la volonté répressive du PNAT. Plus que les faits qui lui étaient directement et personnellement imputables, c'est sa dangerosité potentielle qui a déterminé la peine requise contre lui : invoquant les écrits de Voltaire sur le fanatisme, le PNAT a déclaré Salah Abdeslam *« irrécupérable »*. Dans son *Dictionnaire philosophique* (1764), Voltaire évoque le fanatisme et indique que lorsqu'*« elle a gangrené un cerveau, la maladie est presque incurable »*. Or c'est précisément sur ce *« presque »*, gommé par le PNAT, que les docteurs Daniel Zagury et Bernard Ballivet, experts psychiatres, qui s'étaient entretenus avec Salah Abdeslam quelques mois plus tôt[15], se sont longuement penchés, lors de leur passionnante déposition devant la cour d'assises le 14 avril 2022. *« Entrevoir la complexité d'un phénomène criminel, c'est faire un premier pas dans la lutte contre sa propagation[16] »*, indique le docteur Zagury. En expliquant que si Abdeslam ne présentait aucune pathologie psychique, ni dangerosité, contrôlait ses émotions et reconnaissait avoir adhéré à l'idéologie et au système totalitaires de l'État islamique, mais insistait sur le fait qu'il n'avait tué personne, il manifestait néanmoins *« une oscillation permanente entre redevenir le jeune homme de Molenbeek ou rester le soldat de*

15 - Ce n'est qu'en novembre 2021, soit après plusieurs vaines tentatives et après que le procès a débuté, que Salah Abdeslam a finalement accepté de s'entretenir avec les deux experts psychiatres commis par le magistrat instructeur.

16 - Voir Daniel Zagury, *La Barbarie des hommes ordinaires*, Paris, Éditions de l'Observatoire, 2018.

Dieu. [...] *Entre la protection de son humanité et la fidélité à ses convictions.* [...] *Entre l'ouverture et l'endurcissement »*. Tout en étant parfaitement *« conscient des enjeux d'un effondrement dépressif »* qu'était susceptible d'entraîner pour lui une *« réhumanisation »*. Et selon le docteur Zagury, *« l'erreur serait de l'enfermer dans l'un ou l'autre de ses personnages »*. Il soulignait aussi que le véritable *« enjeu »* de ce procès, dont la longueur exceptionnelle avait permis à Abdeslam de sortir de l'isolement dans lequel il avait été tenu depuis son arrestation, était d'entamer *« ce long cheminement »* pour réussir à *« faire survivre sa personnalité antérieure »* qui *« n'était pas totalement enfouie »* ; ce qu'il montrait, en lâchant prise par instants, en se disant touché par la douleur des victimes, attaché à ses parents ou *« affecté de voir son père dévasté »* par ses agissements et en manifestant, à plusieurs reprises, le souhait de paraître humain. Comportement et propos inimaginables chez celui qui aurait parfait sa mutation psychique, abandonné son identité et sa singularité pour se soumettre servilement au groupe. Comme l'a fort justement expliqué Maître Olivia Ronen, *« sortir de la radicalité, c'est comme apprendre à nager, quitter le bord trop tôt, c'est risquer de se noyer »*.

L'exorcisme au péril de l'État de droit

Au nom de la raison d'État, de la protection de potentielles futures victimes, mais aussi d'un regrettable principe de précaution, le PNAT et la cour, s'agissant du principal accusé, âgé de 32 ans, non seulement ont fait peu de cas de la personnalité de celui-ci, des faits qui lui étaient personnellement et directement imputables et des conclusions des experts psychiatres à son sujet, mais, au regard de la gravité des attentats et du nombre de victimes, ont privilégié une conception sécuritaire de la peine. En se réclamant de Durkheim, pour lequel la peine est *« un acte de vengeance, puisque c'est une expiation. Ce que nous vengeons, ce que le criminel expie, c'est l'outrage fait à la morale*[17] *»*, le PNAT a souligné la dimension rétributive de la peine et soutenu la surprenante demande de l'un des avocats de nombreuses parties civiles, tendant à voir la cour prendre en compte, dans la motivation de sa décision pénale à venir, *« la douleur*

La cour a offert Salah Abdeslam en sacrifice aux victimes.

17 - Émile Durkheim, *De la division du travail social* [1893], introduction de Serge Paugam, Paris, Presses universitaires de France, 2013, p. 56.

qu'étaient venues déposer les victimes », désirant ainsi conférer à la sanction requise une fonction réparatrice plus à l'égard des victimes qu'à l'égard de la société. Paul Fauconnet, qui poursuivit en son temps les travaux engagés par Durkheim, expliquait que celui auquel on applique la peine est une *« sorte de* bouc émissaire *sacrifié à l'égoïsme collectif*[18] *»*. Si la cour a nettement réduit les peines requises contre ses co-accusés, elle a offert Salah Abdeslam en sacrifice aux victimes[19].

« Se proclamer du côté des victimes est toujours politiquement profitable. Qui serait contre ? Nous sommes dans une société d'émotion qui se veut compassionnelle. Rien ne mobilise plus l'émotion que le crime et la souffrance des victimes, décuplée par la médiatisation. Cela nourrit la pulsion de vengeance qui est au cœur de la réaction humaine en présence d'un crime atroce. Mais la justice ne peut se confondre avec la vengeance ni avec la compassion pour les victimes. C'est ce qui rend son exercice si difficile[20] *»*, expliquait Robert Badinter qui, lors de l'abolition de la peine de mort, avait bataillé pour que l'on ne remplace pas la peine capitale par la prison à vie. Qu'Henri Leclerc ait été le seul à prendre la plume pour dire la désespérance en l'humanité que signifiait la peine infligée à Salah Abdeslam en dit long sur l'affaissement de l'humanisme dans une société gagnée par la peur[21]. Dans sa remarquable plaidoirie pour Mohamed Bakkali, Maître Orly Rezlan a rappelé que *« l'humanisme est un effort que l'on obtient en triomphant de soi-même »*, à l'inverse de la haine qui est, elle, une *« pente naturelle qui ne requiert pas d'effort »*. Si la cour l'a entendue pour Bakkali et d'autres accusés, la condamnation à l'enfermement perpétuel de Salah Abdeslam a transformé le procès des attentats du 13-Novembre en *« exorcisme »*, ainsi que Mireille Delmas-Marty qualifiait un procès où la neutralisation de l'accusé se substitue à sa punition. Et l'État de droit n'en sort pas indemne.

18 - Paul Fauconnet, *La Responsabilité. Étude de sociologie*, Paris, Félix Alcan, 1920.

19 - Quelques jours après le verdict, la cour d'assises de Paris condamnait pour complicité de génocide et crime contre l'humanité, pour *« n'avoir pas choisi la voie de la désobéissance »*, Laurent Bucyibaruta, le préfet de Gikongoro, sur le territoire duquel 124 000 Tutsi rwandais avaient été massacrés au printemps 1994, à vingt ans de réclusion criminelle. On prenait là mieux encore la mesure de l'incroyable sévérité de la condamnation d'Abdeslam.

20 - R. Badinter, « Ne pas confondre justice et thérapie », art. cité.

21 - Voir Henri Leclerc, « La perpétuité incompressible, désespérante et inhumaine », *Libération*, 4 juillet 2022.

L'utopie Joyce

Patrick Vauday

Une île qui a connu un destin tout à la fois dystopique et utopique, c'est l'Irlande, non pas telle qu'en elle-même la géographie et l'histoire l'ont configurée, mais telle que James Joyce l'a vécue et projetée dans son œuvre. Dystopique, elle l'a été, du moins aux yeux du jeune Joyce qui, peu après sa rencontre avec celle qui deviendra sa femme, Nora Barnacle, écrit dans une lettre qu'il lui adresse : *« Il me semblait que je livrais pour vous bataille à toutes les forces religieuses et sociales d'Irlande et que je n'avais à compter que sur moi-même. Il n'y a pas de vie ici – ni naturel ni honnêteté*[1]. *»* L'Irlande fut pour Joyce un obstacle majeur à l'amour de la vie, dont sa relation à Nora faisait partie, et à la liberté de création. S'ensuivit un exil définitif sur le continent, successivement à Trieste, Zurich, Paris, puis de nouveau Zurich où il mourut en 1941.

L'Irlande, pourtant, ne cessera de revenir dans l'écriture de Joyce, singulièrement Dublin, la ville de sa jeunesse, pour y renaître de ses cendres après avoir été vouée aux gémonies par le jeune écrivain : *Gens de Dublin* (1914), *Portrait de l'artiste en jeune homme* (1916), *Ulysse* (1922), *Finnegans Wake* (1939). Hormis quelques brefs séjours qui le confortèrent dans son exil, le retour à Dublin se fait par la voie de l'écriture, qui la donnera à voir dans ses plus infimes détails et peut-être plus encore à entendre dans la diversité de tous ses accents. Ce n'est pas pour rien qu'avec *Ulysse*, publié en anglais à Paris le 2 février 1922, Joyce se vantait d'avoir écrit un livre qui permettrait de reconstruire la ville à l'identique si elle venait à disparaître. Dublin n'en sort nullement embellie, Joyce n'hésitant pas à en faire saillir la trivialité, voire l'obscénité, le laisser-aller, les insipides bavardages, les glorioles de pacotille, les effets de manche faciles, sans compter les comportements attentatoires à la morale, suffisants motifs pour tomber sous le coup des censures anglo-saxonnes. Mais, bien qu'impossible à vivre dans la réalité, mortifère à bien des égards pour

1 - James Joyce, Lettre à Nora du 16 septembre 1904, citée par Richard Ellmann, *James Joyce*, trad. par André Cœuroy et Marie Tadié, Paris, Gallimard, 1962, p. 191.

un esprit libre, la ville revient dans le roman plus vivante, plus intense que jamais, effervescente ; ce qui peut expliquer au passage l'impression qu'en reçut Valéry Larbaud, premier traducteur français du livre, qui disait y retrouver des échos de la truculence d'un Rabelais. Sous la plume de Joyce, Dublin devient une ville-monde où vient résonner dans ses rues et ses *pubs* tout un pan de l'histoire européenne depuis l'Antiquité grecque jusqu'au naissant XXe siècle. S'y préfigurent la fin des empires centraux et le devenir-monde de n'importe quel point du globe – centre partout, circonférence nulle part, autrement dit partout le monde. De même, on peut voir dans le héros de Finnegans Wake, dont les initiales H.C.E. signifient aussi *Here Comes Everybody*, n'importe qui, un citoyen du monde.

Une île dans une île

Dans *Ulysse*, Dublin est une île dans une île, un concentré d'« irlandité ». Sans accent d'amertume ni pointe de nostalgie, elle y vit au présent, un présent qui ne passe pas, appelé à revenir comme l'unique journée, le 16 juin 1904, que raconte le roman en suivant, du matin jusqu'à une heure avancée de la nuit, les pérégrinations et le courant de conscience de son personnage principal, Leopold Bloom, exilé juif établi en Irlande. Si, selon une remarque de Michel Butor, le roman respecte la règle classique des trois unités (de lieu, de temps et d'action), ce n'est pas sans en faire éclater le formalisme rigide en la dissolvant dans une matière profuse et haute en couleurs relevée, comme une mixture épicée, par une diversité de styles vraiment confondante tout au long des dix-huit chapitres démarqués de l'*Odyssée* d'Homère[2].

Si l'on peut convoquer l'utopie à propos de ce roman révolutionnaire, c'est à mes yeux pour trois raisons au moins. La première, de nature biographique, tient au choix de la date, le 16 juin 1904, qui célèbre plutôt qu'elle ne commémore la rencontre de Joyce avec Nora, qui l'accompagnera toute sa vie. Cette révélation de l'amour et du désir à laquelle il reste fidèle, comme l'épiphanie miraculeuse qui s'est produite une fois pour toutes, qui plus est dans une Irlande corsetée dans un catholicisme pudibond, lui aura donné la force de prendre la route de l'exil. Un amour

2 - Michel Butor, « Joyce et le roman moderne », *L'Arc*, n° 36, 1968, p. 5.

qui endure le temps malgré le tohu-bohu d'une vie souvent très précaire, n'est-ce pas déjà une sorte d'utopie à deux qui n'attend pas un hypothétique futur pour se vivre au jour le jour, au présent ?

La deuxième raison est relative aux circonstances de l'écriture d'*Ulysse*. Commencé à Trieste et achevé à Paris au début des années 1920, le roman est écrit pour l'essentiel à Zurich, où la Grande Guerre a contraint les Joyce à s'exiler. Or, contrairement à *À la recherche du temps perdu* de Proust, dont le lecteur est surpris dans la dernière partie du roman par les scènes du bombardement de Paris au cours de la guerre de 14-18, ou à *Voyage au bout de la nuit* de Céline, où une large place est faite aux conséquences délétères de cette guerre, *Ulysse* ne lui fait aucune place. Si Joyce se tenait à distance de la politique sans pour autant être indifférent au conflit qui embrasait l'Europe, son affaire d'écrivain était ailleurs, dans son île, Dublin, ressuscitée et revivifiée à la force des mots et du style, où dans le roman plus d'un écho est fait aux diverses manifestations du nationalisme irlandais et de la lutte pour l'indépendance. C'est le cas notamment du personnage que Joyce surnomme ironiquement « le Citoyen », mais aussi de l'évocation de l'une des plus grandes figures du mouvement national irlandais avant le tournant du siècle, à savoir Charles Stewart Parnell. Mais, quant au fond, le propos de Joyce n'était pas de raconter une guerre ou d'en décrire les prémices, c'était de la porter au sein même de la littérature, avec les armes de la littérature que sont les mots et le style. La guerre de Joyce ne fut ni de la raconter ni de l'expliquer, mais de la « déclarer » dans le champ même de la littérature, en faisant feu de tout bois de tous les styles possibles. Pour le dire avec les mots de Derrida à propos de Joyce : *« Déclarer est un acte de guerre, il déclara la guerre en langues, et à la langue et par la langue*[3]*. »*

Enfin, la troisième raison qui milite en faveur de l'inscription de l'œuvre de Joyce dans une perspective utopique tient à son orientation éthico-esthétique, car la guerre qu'il mène n'est pas une guerre ravageuse et destructrice, mais une guerre pour rire où ne cessent de se faire entendre l'affirmation de la vie, son débordement et son dévergondage, comme dans la conclusion d'*Ulysse* qui revient à Molly Bloom, l'épouse de Leopold Bloom, à la toute fin de son monologue fleuve, sans ponctuation sur près de cinquante pages : *« oui j'ai dit oui je veux bien Oui »*.

3 - Jacques Derrida, *Ulysse gramophone. Deux mots pour Joyce*, Paris, Galilée, 1987, p. 17.

Jeu de langue

Raconter *Ulysse*, ce n'est pas le lire, encore moins l'entendre. L'histoire de ce roman de plus de sept cents pages tiendrait en quelques lignes. Après une première partie qui suit, dans les environs de Dublin, le personnage de Stephen Dedalus, nom à consonance irlando-grecque, vient la partie, de loin la plus longue, racontant les pérégrinations dans Dublin de Leopold Bloom, nom à connotation irlando-juive, depuis son lever à huit heures du matin jusqu'à son coucher nocturne, et qui voit la rencontre et l'amitié quasi filiale se nouer entre des deux personnages, Bloom endossant la figure du père et Dedalus celle du fils spirituel, conformément à leur différence d'âge. En vrac, et entre autres, il est question des détails souvent triviaux de la vie de Bloom, de sa vie professionnelle, de ses rencontres, de la doctrine thomiste des épiphanies, d'un enterrement, d'un accouchement, de la pendaison d'un criminel, d'un adultère, de la vie de Shakespeare, de conversations de comptoir, du goût irlandais pour le chant et la bière, etc. Ce qui compte et qui confond le lecteur, c'est l'éclatement du lieu, l'étoilement du temps et la dispersion de l'action en une multitude d'endroits, de scènes et de moments, telle une polyphonie rythmique. Dans la guerre à la langue évoquée par Derrida, l'explosion, très contrôlée, dont elle est frappée la démultiplie en styles différents, comme l'exposition et l'exploration de tous ses possibles. Et d'ailleurs, pourquoi ne pas la comparer à une floraison, à l'instar de cette fleur inscrite dans le nom même de Bloom ! De ce point de vue, du moins dans *Ulysse*, il est moins question d'une déclaration de guerre en langue que d'une déclaration de la langue elle-même et du droit d'en varier les styles, voire d'en inventer de nouveaux, en somme d'en célébrer la prodigalité proliférante. Si Proust, Céline ou Gombrowicz, pour prendre un auteur traduit en français depuis le polonais, ont un style reconnaissable entre tous, chez Joyce, c'est le jeu, au sens d'un jeu de cartes, avec le style qui fait sa marque de fabrique ; il joue la langue et, plus précisément, il joue la langue anglaise. Ainsi que l'écrit Michel Butor : *« Il a été capable d'utiliser le style comme une forme rigoureuse, en opposant méthodiquement les uns aux autres différents styles dans les différents chapitres de son* Ulysse. *Il parvient ainsi à une généralisation de cette notion, le style d'*Ulysse *étant la liaison même de tous ces styles différents*[4]. »

4 - M. Butor, « Joyce et le roman moderne », art. cité, p. 5.

Il n'en reste pas moins que ce jeu n'a rien de gratuit. En effet, il met en jeu la langue de l'empire anglais qui a réduit l'Irlande à l'état de colonie, de *dominion*, non seulement en y infusant les grands mythes des cultures européennes avec, à côté du catholicisme et de l'antiquité gréco-romaine, la tradition et l'errance juives depuis l'Europe centrale dont Leopold Bloom est originaire, mais aussi parce qu'il la perfuse avec ce qu'Italo Svevo, grand ami et admirateur de Joyce, appelait, à propos de l'hébreu et du gaélique, *« les deux peuples de la langue morte*[5] *»*. Plus encore peut-être, parce qu'il la compromet en en faisant le miroir criant de vérité des moindres aspects d'une vie dublinoise quelconque, parmi lesquels la scène matinale de Bloom dans les toilettes ou quand, sur la plage de Sandymount, il se masturbe à la vue de la jeune Gerty MacDowell lui découvrant ses fesses et ses dessous. S'il fait la guerre à la langue anglaise, ce n'est pas en la refusant, par exemple en prônant, à l'instar de certains nationalistes irlandais, le retour au gaélique, mais en s'en emparant pour la pervertir, la faire jouer sur un autre terrain que celui de la domination ; une langue anglaise en quelque sorte hors sol, hors lieu, moins une autre langue qu'une langue autre, émancipée de son territoire et de son maître, désappropriée et disséminée. Ainsi que l'écrit Derrida : *« Ce qui importe, c'est la contamination de la langue du maître par celle qu'il prétend assujettir et à laquelle il a déclaré la guerre*[6]. *»*

Dire oui

Concernant l'enjeu éthico-esthétique d'*Ulysse*, on peut suivre Derrida, qui en donne une version approfondie dans *Ulysse gramophone* où il interroge la portée du *Oui* majuscule inaugural et final du monologue de Molly Bloom, dans le sillage de tous les *oui* qui accompagnent et ponctuent le texte de Joyce, deux cent vingt occurrences dans la traduction française, selon son dénombrement, sans compter ceux qui sont plus ou moins implicites ou omis car *«* Oui *peut être impliqué sans que le mot soit dit ou écrit*[7] *»*.

5 - Cité par Jean-Michel Gardair, « Joyce et Svevo », *L'Arc*, n° 36, 1968, p. 14.
6 - J. Derrida, *Ulysse gramophone*, *op. cit.*, p. 48.
7 - *Ibid.*, p. 123.

Parmi bien d'autres, en voici un exemple :

> *« – Parbleu, dit-il rêveur. J'ai souvent désiré voir les Monts Mornes. L'air doit y être rudement tonifiant. Mais cœur qui soupire aura ce qu'il désire, à ce qu'on dit. Oui, oui.*
>
> *Oui. Ses doigts bourraient de blonds capillaires, blond de Virginie, de sirène, dans le fourneau de sa pipe. Petites ripes. Capillaires. Rêveur. En silence.*
>
> *Pas un mot, personne ne sonne. Oui*[8]*. »*

Ces *oui* aux modalités différentes qui paraissent surnuméraires, en trop, car n'ajoutant rien, à proprement parler, au sens du texte, hors signification en quelque sorte, Derrida les entend comme une signature, à la fois l'attestation d'une présence et la confirmation de ce qui est proféré. Ce *oui* qui ne signifie rien mais qui signe et consigne, c'est-à-dire certifie et authentifie, n'a pas de valeur sémantique mais vaut comme performatif, au sens d'Austin : *« Par sa dimension radicalement non constative ou non descriptive, même s'il dit* oui *à une description ou à une narration,* oui *est de part en part, et par excellence, un performatif*[9]*. »* Pour le dire autrement, il acte une présence sur le modèle de l'échange téléphonique proposé par Derrida, le *oui* de l'interlocuteur au téléphone qui ne dit mot mais atteste de sa présence et de son écoute d'un « oui, je suis là, j'écoute ». Quant au « oui, oui », Derrida y lit l'engagement, la promesse et la fidélité : *« L'affirmation du* oui *est affirmation de la mémoire.* Oui *doit se garder, donc se réitérer, archiver sa voix pour la redonner à entendre*[10] *»*, ce qu'il appelle *« l'effet gramophone »*, tel un enregistrement, au sens juridique aussi bien que technique du terme, puisqu'il faut bien un support d'inscription à la parole pour ne pas se dédire ni se reprendre. Détachant et séparant la parole d'elle-même, cette inscription, fût-elle seulement orale et donnée à entendre, ne se fait pas à vide ni de soi à soi, dans un entre-soi solitaire ; elle ne prend sens et portée qu'adressée à l'autre à la garde duquel elle se confie, que sa présence soit effective ou non. Cette dimension d'adresse du *oui* joycien, fortement accentuée par Derrida, l'amène à contester la qualification de

8 - James Joyce, *Ulysse* [1922], trad. par Auguste Morel, assisté de Stuart Gilbert, revue par Valéry Larbaud et l'auteur, Paris, Gallimard, 1948, p. 255.

9 - J. Derrida, *Ulysse gramophone*, *op. cit.*, p. 125 (voir John L. Austin, *Quand dire, c'est faire* [1962], trad. et introduction par Gilles Lane, Paris, Seuil, 1970).

10 - *Ibid.*, p. 90.

monologue appliquée aux quelque cinquante pages déroulant le flux de conscience de Molly Bloom : *« un* oui *ne vient jamais seul, et l'on n'est jamais seul à dire* oui[11] *»* car, précise-t-il, *«* oui *marque qu'il y a l'adresse à l'autre*[12] *»*. Autrement dit, il s'agit d'une réponse à l'autre et depuis l'autre. Ce dont témoigne la toute fin de la rêverie éveillée de Molly évoquant sa réponse à la cour que lui faisait Leopold :

> *« je me suis dit après tout aussi bien lui qu'un autre et alors je lui ai demandé avec les yeux de demander encore oui et alors il m'a demandé si je voulais oui dire oui la fleur de la montagne et d'abord je lui ai mis mes bras autour de lui oui et je l'ai attiré sur moi pour qu'il sente mes seins tout parfumés oui et son cœur battait comme fou oui j'ai dit oui je veux bien Oui*[13]. *»*

Pour résumer l'analyse de Derrida, il y a donc trois dimensions simultanées et tressées du *Oui*, la première marquant et indexant la présence, la deuxième authentifiant et engageant, la troisième s'adressant et répondant. Dans cette triade – signature, inscription, adresse –, on voit bien qu'il s'agit toujours de faire signe à l'autre.

Incidemment, Derrida relève une autre tonalité, nietzschéenne celle-là, du *oui*, celle d'*« un* oui *à l'éternel retour*[14] *»*, le *oui* de l'acquiescement à la vie, du don sans dette, c'est-à-dire d'un don sans condition de reprise, d'échange ni de retour. Il y a de fait une surabondante explosion de vie dans *Ulysse*, dans sa verve, son chant, ses accents et ses styles, un grand éclat de rire qui n'est pas de suffisance et de domination, mais de mise en rythmes et en résonances de toutes les tonalités de la vie, en quelque sorte un grand barnum qui les entraîne dans son flux. C'est en ce sens qu'*Ulysse* œuvre à la vie au moment même où l'Europe est saignée à blanc. Ce n'est pas sans raison qu'Italo Svevo invitait, parlant des œuvres de Joyce, à étudier *« ces livres qui sont la vie même*[15] *»*. Parler, comme Ludovic Janvier, poète proche de Beckett, d'une *« esthétique de la domination*[16] *»* chez Joyce, probablement écrasé par l'effarante culture recyclée dans *Ulysse*, comme un savoir absolu qui saurait tout de tout – non sans raison

11 - *Ibid.*, p. 110.
12 - *Ibid.*, p. 125.
13 - J. Joyce, *Ulysse*, *op. cit.*, p. 710.
14 - J. Derrida, *Ulysse gramophone*, *op. cit.*, p. 109.
15 - Italo Svevo, « Ulysse à Trieste », *L'Arc*, n° 36, 1968, p. 24.
16 - Ludovic Janvier, « Sames. Joyce et Beckett », *L'Arc*, n° 36, 1968, p. 41.

puisque Joyce disait avec humour avoir donné du grain à moudre aux universitaires pour trois siècles –, c'est ne pas écouter les rythmes, les souffles, les conflagrations, les dérives, les chevauchements, les charges d'un texte qui, s'il se présente comme une encyclopédie, en transgresse allègrement les classifications poussiéreuses, emportées dans une joyeuse sarabande, danse endiablée et jouissive, dans laquelle s'entremêlent les idées les plus relevées, les banalités du quotidien et les sensations des corps en émoi. L'insigne mérite de Derrida est d'avoir joint l'écoute à la lecture du texte de Joyce, d'avoir prêté l'oreille à sa prosodie et de faire entendre dans le rire réactif de la clôture du savoir le rire affirmatif qui ouvre à l'abandon de l'appropriation et à sa dispersion : *« Mais quand, et c'est une seulement une question de rythme, le cercle s'ouvre, la réappropriation se renonce*[17]*. »* Ce rythme, auquel Joyce, qui aimait et pratiquait la poésie et le chant, tenait d'autant plus qu'il perdait progressivement la vue, ouvre le savoir aux forces vitales et à la joie qui en jouent librement dans une savante ivresse.

Finalement, plutôt que d'une guerre, on parlera d'un cirque ! Or qu'est-ce qu'un cirque ? N'est-ce pas ce lieu égalitaire dont tous les spectateurs sont, plus ou moins, à égale distance d'une piste circulaire où se succèdent des attractions hétéroclites mais d'égales valeurs : acrobates, clowns, jongleurs, dompteurs, magiciens et les boniments de Monsieur Loyal. *Ulysse* me semble faire écho au thème du cirque dont, à la même époque, plusieurs peintres ont fait le motif de leurs tableaux, parmi lesquels Seurat, Chagall et Picasso. Avec *Ulysse*, on fait un tour de cadran, celui d'une journée particulière mais somme toute égale aux autres, en même temps qu'on fait le tour d'un monde, Dublin début de siècle, comme une partie ou une fraction du monde, en compagnie d'un homme, Leopold Bloom, lui aussi des plus singuliers, mais dont la singularité peut faire écho à celle de chacun – tout un monde dans un fragment du monde, une île-monde. À sa manière, le roman décrit un cercle, celui d'une journée ordinaire, dont on peut supposer qu'elle n'aura pas d'autre fin que de recommencer, aux variations près qu'amène la succession des jours. Sa fin n'en est pas une, le *Oui* final de Molly appellant un retour,

Avec *Ulysse*, on fait un tour de cadran en même temps qu'on fait le tour d'un monde.

17 - J. Derrida, *Ulysse gramophone*, *op. cit.*, p. 136.

une réaffirmation de ce qui a été et sera à nouveau. Ce cercle qui ne se ferme pas mais va s'élargissant sera le motif et le ressort de l'écriture de *Finnegans Wake*.

La voie circulaire

Si *Ulysse* s'approche du cirque, c'est-à-dire du cercle (*circus* en latin), il revient à *Finnegans Wake* d'en présenter l'accomplissement avec le cycle qui fait intervenir le temps. Ce livre est écrit de telle manière que le fragment de phrase qui le conclut enchaîne sur le fragment de phrase qui le commence, réalisant ainsi une boucle qui serait parfaite si, au lieu de se fermer sur elle-même et sur un texte identique, elle ne recommençait pas en se donnant à lire de nouveau, dans une autre version en quelque sorte. En jouant des homophonies entre les mots et les langues, par exemple entre *river* (« fleuve »), *return* (« retour »), *remember* (« se souvenir »), *Erinnerung* (« souvenir » en allemand), *Erin* (« l'Irlande » en gaélique), le texte reste virtuellement ouvert à une infinité de versions.

Ce recommencement sans fin est inscrit dans le titre même du livre, *Finnegans Wake*, où s'entendent, en même temps, le prénom irlandais *Finn*, le mot français « fin » et le mot anglais *again* (« encore »). L'utopie ici consiste à présenter la même histoire, celle de la veillée funèbre du maçon Finnegan et de son retour à la vie – de *wake* (« veillée mortuaire ») à *woke* (« réveillé »), il n'y a qu'un pas – à la faveur d'une lampée de whisky coulant dans sa bouche, en autant de versions possibles qu'il y aura de lectures, l'écriture du texte entremêlant au moins dix-sept langues, comme un tissage qui se souvient de l'origine du mot « texte », dérivé du latin *textus*, « tissu, trame ». À ceci près, pour reprendre l'image du tissage, que le lecteur n'ayant pas affaire à un texte achevé dont les motifs lui apparaîtraient distinctement, il est mis en situation de jouer le rôle de la navette nouant les fils entre eux pour produire du sens. Réputé illisible, ce livre ne l'est pas sans raison, à condition de préciser que son illisibilité n'est pas l'effet d'une absence de sens, même caché comme le serait celui d'un grimoire, mais d'une profusion de sens invitant le lecteur à produire sa version en fonction du déchiffrage qu'il en fait. Avec son dispositif miroitant, plusieurs couches de sens flottant à sa surface, *Finnegans Wake* fait du lecteur un coauteur à qui il revient de l'interpréter. Ainsi que l'écrit

Michel Butor à propos de la traduction de ce texte mais également de sa lecture en langue originale, à savoir l'anglais inventé par Joyce : *« Il faut alors se contenter d'interprétations, de lectures individuelles qui peuvent certes considérablement aider la nôtre, mais nullement la remplacer*[18]. *»*

Autant qu'illisible, le livre est intraduisible, si on attend du moins d'une traduction un texte fidèle à l'original, puisqu'il tresse l'anglais avec plusieurs autres langues. Par exemple, comment traduire en français un mot dans lequel anglais et français sont fondus ensemble ? À quoi s'ajoute cet autre obstacle que beaucoup de mots dans l'original anglais ne sont pas anglais mais sont inventés par Joyce, sans compter la présence d'onomatopées phénoménales, telle celle qui imite le grondement du tonnerre au tout début du livre et ne compte pas moins de cent lettres[19] ! Autant de difficultés qui justifient la profonde remarque de Pierre-Emmanuel Dauzat, selon laquelle *« la traduction de Joyce fait voler en éclats l'un des dogmes les plus sûrs de la traduction, corollaire des notions de source et de cible : l'idée sophistique mais indécrottable que la traduction ne changerait rien à l'original. Ici, l'original est infidèle à la traduction. C'est même sa vocation*[20] *»*. Infidèle à lui-même, si *Finnegans Wake*, moins encore qu'*Ulysse*, ne se raconte pas – c'est à peine s'il se lit –, c'est qu'il est fait pour être écouté et, selon une suggestion de Michel Butor, à *« entendre lire à haute voix*[21] *»*. Plus radicalement que dans *Ulysse*, il s'agit de faire sortir l'anglais de ses gonds et de le faire dériver, s'amalgamer, s'agglutiner à d'autres langues, comme une tour de Babel dans laquelle les langues s'irriguent et s'enrichissent les unes les autres en suscitant des superpositions et des bifurcations de sens inattendues. C'est à peine si on comprend mais on entend, car la musique et le rythme donnent à sentir du sens dans la fusion du sens et des sons et dans l'effusion des langues entre elles. Loin de se refermer sur lui-même, le cercle de *Finnegans Wake* s'ouvre et va s'élargissant aux rythmes d'une polyglossie et d'une polyphonie. À l'effet gramophone d'*Ulysse* selon Derrida, s'ajoute l'effet « radiophone » de *Finnegans Wake*, tel un poste radio mal réglé où se chevauchent et s'amalgament des voix, des langues et des musiques différentes, à l'image de la formidable composition de

18 - M. Butor, « Esquisse d'un seuil pour Finnegan » [1957], dans J. Joyce, *Finnegans Wake*, fragments adaptés par André du Bouchet, Paris, Gallimard, 1962, p. 9.

19 - J. Joyce, *Finnegans Wake* [1939], trad. par Philippe Lavergne, Paris, Gallimard, 1982, p. 10.

20 - Pierre-Emmanuel Dauzat, « Le yiddish de Joyce », dans Edna O'Brien, *James & Nora. Portrait de Joyce en couple*, trad. par Aude de Saint-Loup et P.-E. Dauzat, Paris, Sabine Wespieser, 2021, p. 91.

21 - M. Butor, « Esquisse d'un seuil pour Finnegan », art. cité, p. 18.

John Cage, *Roaratorio: An Irish Circus on Finnegans Wake* (1979), intégrant et mixant avec de la musique populaire irlandaise et des chants une multitude de sons radiophoniques en provenance de six cent vingt-six lieux différents évoqués dans le livre de Joyce.

Si le cercle qui s'échappe en s'élargissant constitue le schème générateur de l'écriture et de la lecture de *Finnegans Wake*, il induit dans le même mouvement un nouveau rapport au temps qui oppose à la ligne fléchée du temps de la religion chrétienne un temps cyclique dont Joyce a pu trouver un modèle dans l'œuvre du philosophe italien qu'il connaissait bien, Giambattista Vico, auteur notamment de *La Science nouvelle* (1725). Selon la remarque de Barry Stocker, les deux auteurs ont en commun un intérêt pour une répétition productrice de changement, ce qui explique que Joyce ait pu trouver une inspiration dans l'œuvre de Vico sans pour autant en reprendre tout le système[22]. De Vico, Joyce retient essentiellement l'idée d'une histoire procédant par cycles, mais sur le mode d'une transposition à la création romanesque appelée à jouer un rôle structurant dans la composition de son œuvre plutôt que sur celui d'une illustration littéraire de la théorie du philosophe napolitain. Le mouvement historique, selon Vico, voit se succéder trois époques avant de se répéter. Après une première époque marquée par le pouvoir des dieux et des mythes vient une époque héroïque dominée par l'aristocratie et l'épopée, bientôt remplacée par l'époque des hommes qui accèdent à l'égalité, au règne des lois ainsi qu'à l'écriture alphabétique et à la prose, cette dernière époque voyant la démocratie remplacée par la monarchie, suivie d'un retour au chaos de la société. Si la répétition du cycle n'a pas lieu à l'identique et engendre des variations, l'idée dominante chez Vico reste malgré tout celle d'un ratage, comme si l'histoire échouait à se hisser à hauteur de l'horizon et de l'idéal chrétien qui l'inspire, celle de l'apocalypse qui délivrera le peuple de Dieu de sa misère terrestre pour le faire entrer dans l'éternité du bonheur. En bref, chez Vico l'histoire se répète faute de pouvoir atteindre son but et se conclure.

Ce qui dans cette vision a pu influencer Joyce, c'est l'association à chaque époque d'un type de langage, sans endosser l'idée de la succession d'âges distincts tendant vers un progrès finalement voué à l'échec. On

22 - Barry Socker, "Repetition and circularity in Joyce and Vico", *ODRADEK. Studies in Philosophy of Literature, Aesthetics, and New Media Theories,* vol. 5, nº 2, 2019, p. 183-217 (nous traduisons).

pourrait dire que de Vico, Joyce retient le cycle ou le cercle mais sans la ligne ascendante, sans sa capture par une transcendance. Barry Stocker fait une intéressante suggestion quand, à propos d'une erreur dans *Ulysse* sur la Vico Road à Dublin à laquelle Joyce donne une forme circulaire qu'elle n'a pas en réalité, il note que si le motif du cercle importe à Joyce au point de commettre une erreur, très probablement calculée, c'est parce qu'il n'a ni commencement ni fin et présente l'image d'un temps sans passé ni futur, une sorte de présent continué : Joyce *« s'intéresse aux cycles, animés d'un mouvement circulaire, et c'est pour Joyce plus important que les âges distincts. Il n'y a ni commencement ni fin dans une route circulaire, de même qu'il n'y a ni avant ni après*[23] *»*. Comme il le précise plus loin : chez Joyce, *« la répétition n'est pas un piège, ce n'est pas l'expression du pessimisme ou du nihilisme. La complexité narrative, avec son récit en constante évolution et son jeu linguistique permanent, rend la lecture infinie, la répétition du voyage joyeuse*[24] *»*. Il faut ajouter que les cycles dans *Finnegans* se succèdent moins qu'ils ne se fondent les uns dans les autres, sans coupes nettes, sous la forme d'une spirale à la verticale du temps, voire qu'ils s'imbriquent les uns dans les autres et se chevauchent, co-présents à l'instar des différents moments d'une pièce de musique. Le temps dans l'œuvre de Joyce cesse par conséquent d'être eschatologique, aimanté par une transcendance, pour devenir un perpétuel présent qui se ressource dans la répétition vivante et changeante, dans la reprise de tout ce qui s'est sédimenté et revit *ici et maintenant*.

23 - *Ibid.*, p. 208.
24 - *Ibid.*, p. 212.

Cultures

Chroniques

Philosophie

Bouveresse en héritage

Daniel Tanguay

Sociologie

La solidarité du voisinage face au changement climatique

Simon Cottin-Marx

Cinéma

Pasolini, le mythe à taille humaine

Louis Andrieu

Recensions

En écho

Chroniques

Philosophie

Bouveresse en héritage

Daniel Tanguay

Jean-Claude Monod rend hommage à Jacques Bouveresse, mort en mai 2021 après une longue et fructueuse carrière philosophique à défendre les droits de la raison dans un milieu philosophique contestant souvent leur légitimité. L'exercice sobre de l'hommage est ici rendu difficile par la relation que Monod a entretenue avec Bouveresse, marquée par l'intimité familiale. Même si *La Raison et la Colère* présente un portrait touchant et attachant de l'homme Bouveresse, son intérêt tient davantage au dialogue entre les deux philosophes.

Comme Monod, j'avoue d'emblée que l'aspect le plus important de son œuvre, ses travaux sur Wittgenstein et la philosophie analytique, ou encore ses réflexions sur la philosophie des mathématiques et de la logique, dépasse mes compétences philosophiques. Je ne me serais pas senti autorisé à commenter ce livre, s'il ne s'agissait pas d'un hommage philosophico-politique et si Monod n'avait pas pris soin de préciser que *« c'est bien le* lien *problématique entre la philosophie et la politique qui m'est apparu comme le fil rouge de nos échanges et qui fournit aussi ainsi la trame de ce texte »*.

L'échange entre Monod et Bouveresse offre ainsi un portrait, certes incomplet mais très intéressant, de l'évolution de la philosophie politique et morale en France au cours des cinquante dernières années. Il y est question de la manière dont un certain héritage intellectuel pourrait nourrir notre réflexion sur le présent.

Un héritage contesté

Bouveresse est connu d'un plus large public pour sa critique sévère et sans compromis de ce qui a été convenu d'appeler la *French Theory*. Cette appellation rassemble pêle-mêle des œuvres de penseurs comme Derrida, Foucault, Deleuze ou Lyotard, qui ont mené une critique radicale de la modernité et des différents aspects « oppressifs » de la raison moderne. Bouveresse n'a pas manqué une occasion de dénoncer, dans ses premiers ouvrages de satire philosophico-politique, les inconséquences théoriques et pratiques de ce courant[1]. D'une part, cette « théorie à la française », en contestant les normes de vérité, de rationalité et d'objectivité, conduisait à un relativisme nihiliste qui ne pouvait trouver de justification que dans un historicisme délétère. D'autre part, la remise en question de la rationalité était considérée par Bouveresse comme dangereuse pour la démocratie, qui repose elle-même sur une certaine idée de la raison. Bouveresse, homme de gauche, jugea sévèrement l'inconséquence politique des « nietzschéens de gauche », qui sapaient les principes de la démocratie sans présenter de régime alternatif[2]. Rétrospectivement, Bouveresse semble appartenir à la génération des penseurs qui ont cherché, en France, à corriger les excès de la pensée radicale des années 1960 et 1970 et ainsi à mieux accorder la philosophie avec les exigences de la démocratie.

Un héritage non reconnu

Bouveresse ne se reconnaîtra pourtant pas dans le combat de cette génération pour la démocratie. Ses jugements sur la philosophie politique des années 1980 et 1990 sont sans appel : il s'agissait là pour lui d'un *« conformisme de l'adhésion consensuelle »* que Bouveresse, comme le souligne Monod, *« trouvait à tout prendre plus écœurante que l'attitude antérieure »*, soit celle du *« conformisme de la subversion »*. De la même manière, Bouveresse jugeait supérieure, sur le plan éthique et philosophique, l'engagement critique d'un Sartre ou d'un Foucault à celui des *« intellectuels du consensus »* comme les « nouveaux philosophes ». Force est de reconnaître que le combat contre le totalitarisme était un combat juste, même si les moyens par lesquels il a été livré peuvent être sujets à critique.

Le jugement de Bouveresse sur cette époque reste sommaire et enfermé dans des clichés. Il n'a pas pris, semble-t-il, toute la mesure du foisonnement des œuvres qui ont tenté de penser à nouveaux frais la nature du régime démocratique. Il ne mentionne jamais les ouvrages de Miguel Abensour, Marcel Gauchet,

1 - Voir Jacques Bouveresse, *Le Philosophe chez les autophages*, Paris, Éditions de Minuit, 1984 et *Rationalité et cynisme*, Paris, Éditions de Minuit, 1985.

2 - Voir J. Bouveresse, *Les Foudres de Nietzsche et l'aveuglement de ses disciples*, postface de Jean-Jacques Rosat, Marseille, Hors d'atteinte, 2021. Sur cet ouvrage, voir Bernard Perret, « Nietzsche, Foucault et la vérité », *Esprit*, juin 2022.

Blandine Kriegel, Claude Lefort, Pierre Manent, Alain Renaut, Monique Canto-Sperber, Pierre Rosanvallon, et d'autres encore. Il semble partager avec Bourdieu l'idée qu'il s'agit d'une restauration sans perspective critique, réduisant tout l'effort d'une philosophie politique réfléchissant sur la nature et les principes de la démocratie à une pensée épigonale sans originalité ou, pire encore, essentiellement « réactionnaire ». Le jugement sans nuance de Bouveresse sur cette période est d'autant plus surprenant qu'il avait lui-même défendu certaines des idées de ce courant contre les dérives de la « théorie à la française » et que ce fut aussi à cette époque qu'il y eut en France une réception large de la pensée anglo-américaine politique (John Rawls, Robert Nozick, Charles Taylor, Bernard Williams entre autres) d'inspiration plus ou moins analytique. Ce seul fait aurait dû en fait le réjouir, lui qui avait tant tonné contre le « provincialisme » de la philosophie française. Celui qui a souvent critiqué la tendance française à réduire les positions philosophiques à des engagements politiques n'y a-t-il pas lui-même cédé ?

Un héritage à conserver

Le projet philosophique de Monod n'est pas si éloigné de l'inspiration première des maîtres du renouveau de la philosophie politique et morale : il s'agit bien de la défense d'une raison qui a pris conscience de ses limites. C'est dans cette perspective que Monod reproche à Bouveresse de ne pas avoir suffisamment reconnu le potentiel critique, par exemple, d'un Foucault ou de l'anthropologie. S'il faut, à son avis, défendre le rationalisme, ce rationalisme doit être prêt à accueillir l'*« autre »* ou les *« autres »* de la Raison. Nous sommes bel et bien engagés dans une *« dialectique des Lumières »*, qui devrait nous conduire à élargir et à enrichir la raison en tenant compte de ses critiques radicales. Ce projet est encore celui de Monod, à la différence près que ce dernier est plus libre à l'égard de la polémique contre la « pensée 68 » qui a marqué la génération précédente.

Dans un texte pourtant critique à l'égard de Richard Rorty, Bouveresse dit partager son affirmation de la *« primauté de la démocratie »* sur la philosophie[3]. Comme le souligne Monod, Bouveresse refuse les utopies de transformation radicale au profit d'une approche réformiste et réaliste en politique. Il soutient la nécessité d'user de la raison et de l'argumentation pour régler les différends politiques. Plus encore, il voit dans les procédures de la raison scientifique un modèle pour

3 - J. Bouveresse, « Sur quelques conséquences indésirables du pragmatisme » [1992], *Essais IV. Pourquoi pas des philosophes ?*, préface de J.-J. Rosat, Marseille, Agone, 2004.

la discussion politique. Il maintient que tout n'est pas pouvoir et que l'on peut classer les régimes à partir d'un principe de justice qui ne soit pas arbitraire. Malgré ses colères contre les injustices, la mondialisation néolibérale et les inégalités, il accepte toujours les règles du jeu de la démocratie libérale. Sa profonde connaissance de la tradition de l'irrationalisme, de Nietzsche à Gottfried Benn, le rapproche de tous les philosophes politiques des années 1980 et 1990 qui ont compris que la défense de la démocratie passait nécessairement par une défense de la raison. Cet héritage mérite pleinement d'être médité et transmis.

La Raison et la Colère. Un hommage philosophico-politique à Jacques Bouveresse
Jean-Claude Monod
Seuil, 2022, 144 p., 12 €

Sociologie

La solidarité du voisinage face au changement climatique

Simon Cottin-Marx

Comment protéger les plus vulnérables face au changement climatique ? À mesure que le temps passe et compte tenu de notre incapacité à répondre à la crise écologique générée par les activités humaines, cette question va devenir de plus en plus prégnante. Les réponses ne sont pas seulement techniques ; elles sont aussi sociales, comme le démontre le sociologue américain Eric Klinenberg à travers son récit passionnant et poignant de la canicule qui a touché la ville de Chicago en 1995.

Le 13 juillet de cette année-là, la température atteint 41 degrés Celsius. L'indice de chaleur passe à 52. Les immeubles se transforment en véritables fournaises. Les services de secours et les hôpitaux sont surchargés face à l'afflux de personnes déshydratées. Pendant plusieurs jours, Chicago connaît une chaleur sans précédent qui entraîne la mort de plus de 700 personnes. Dans son ouvrage, l'auteur réalise une *« autopsie sociale »* : il examine quels *« organes institutionnels »* ont failli durant la canicule et qui en sont les victimes.

Dans le premier chapitre de l'ouvrage, celui qui était alors encore doctorant part à la recherche des victimes. Au fil des pages, il rend leur humanité à ces personnes dont l'histoire disparaît derrière les chiffres et montre qu'elles ne sont pas seulement des victimes de la canicule, mais aussi de l'isolement social. Ceux qui sont morts de la chaleur sont principalement des personnes âgées, le plus souvent touchées par la pauvreté. Il constate aussi que, parmi les groupes ethno-raciaux, les Afro-Américains sont ceux qui comptent le taux de mortalité le plus élevé. Il s'étonne alors que la population hispanique de la ville, dont le niveau global de pauvreté est comparable, ait eu beaucoup moins de victimes. Pourquoi est-ce le cas ?

Le deuxième chapitre, qui avance la thèse la plus stimulante de l'ouvrage, s'attelle à résoudre cette énigme. Pour cela, il compare deux quartiers semblables en matière de personnes âgées et de pauvreté : celui de North Lawndale, peuplé à 96 % d'Afro-Américains, et celui de Little Village, peuplé à 85 % d'Hispaniques. Malgré les similitudes sociales, il observe que les deux quartiers sont totalement différents. North Lawndale est un quartier ancien, marqué par la fermeture des grandes entreprises, les pertes d'emplois et une dégradation des infrastructures publiques. L'économie commerciale formelle, qui faisait jadis vivre le quartier, a en partie disparu et a été remplacée par le trafic de drogues, qui transforme le quartier en coupe-gorge. De jour comme de nuit, les habitants ont peur des balles perdues et, pour les éviter, se cloîtrent chez eux : la méfiance est telle que, au moment de la canicule, certaines personnes âgées ont refusé d'ouvrir la porte ou même de répondre aux volontaires et aux fonctionnaires municipaux venus vérifier si elles allaient bien. Dans les secteurs les plus exposés à la violence criminelle, les gens préfèrent souffrir de la chaleur intense plutôt que de passer la nuit un peu plus au frais dans les mêmes espaces publics où s'étaient pourtant réfugiés les habitants de Chicago, comme les plages du lac Michigan, lors des fortes chaleurs de 1955 et 1964.

Du côté de Little Village, l'insécurité n'est pas absente de ce quartier populaire, mais bien plus localisée. Les rues commerçantes sont dynamiques et fréquentées, les magasins climatisés de la 26e rue sont des refuges de fraîcheur. Qui plus est, les institutions religieuses, qui jouent un rôle plus important outre-Atlantique que dans l'Hexagone dans la production du lien social, sont dynamiques, soutenues par l'archidiocèse et bien plus ancrées dans la vie des fidèles que ne l'est le réseau paroissial de North Lawndale.

Ainsi, pour Eric Klinenberg, la vulnérabilité ne s'explique évidemment pas par la composition ethno-raciale des quartiers. Elle ne dépend pas non plus seulement des caractéristiques individuelles (isolement, problèmes médicaux, logement non climatisé). C'est la qualité et la densité des infrastructures sociales (commerces, églises, associations, etc.) productrices de solidarité qui sont déterminantes. Elles ont permis aux personnes âgées du quartier hispanique de mieux affronter la canicule en comptant sur la solidarité du voisinage.

L'auteur ne va pas jusqu'à affirmer que l'entraide entre voisins vient remplacer l'action publique. Au contraire, c'est cette dernière qui a les ressources nécessaires pour venir méthodiquement en aide à la population. Or, dans le troisième chapitre consacré aux services municipaux, Eric Klinenberg montre que les ambulanciers et les pompiers étaient insuffisamment nombreux pour gérer la crise. Il critique la *« gouvernance managériale »* de la ville, marquée par la réduction de personnel municipal et la sous-traitance de l'action publique. Il pointe aussi le fait que traiter les citoyens comme des clients avisés pénalise les personnes qui ne possèdent pas les compétences et les ressources sociales nécessaires. Les numéros verts, par exemple, s'ils ne sont pas inutiles, comme le prouve l'expérience ultérieure de Chicago, ne sont pas suffisants, car certaines personnes isolées ne réclament pas d'aide. Enfin, dans les deux derniers chapitres, l'auteur porte un regard sévère sur l'action du maire de l'époque, Richard M. Daley, qui, pour des raisons politiciennes, n'a pas pris la mesure de la catastrophe, mais aussi sur les médias américains en quête de sensationnalisme, qui ont tardé à transmettre des informations d'intérêt général.

Ce livre, initialement publié en 2002 aux États-Unis, est important pour les sciences sociales. Non seulement parce qu'il a le mérite de souligner le rôle essentiel des « infrastructures sociales » (services publics, commerces, églises, associations), où les liens sociaux peuvent s'inventer hors des sollicitations marchandes et qui sont essentielles pour affronter et supporter la crise climatique qui s'annonce. Mais aussi parce qu'il ouvre des perspectives de recherche sur le changement climatique. Comment adapter les villes ? Comment les réparer lorsque des événements, comme l'ouragan Sandy à New York en 2012, viennent en partie détruire leurs infrastructures ? Le livre d'Eric Klinenberg montre que les sciences sociales ont un rôle à jouer pour ne pas oublier l'essentiel : créer les conditions de la solidarité.

Canicule. Chicago, été 1995 : autopsie sociale d'une catastrophe
Eric Klinenberg
Trad. par Marc Saint-Upéry
Éditions deux-cent-cinq/
École urbaine de Lyon, 2022,
416 p., 22 €

Cinéma

Pasolini, le mythe à taille humaine

Louis Andrieu

Un biais dans l'analyse des films de Pasolini est que les spectateurs les regardent avec l'horizon de la mort violente du cinéaste en tête. Cette impression se renforce devant *Salò ou les 120 Journées de Sodome* (1975) et son contenu adapté de Sade[1]. Dès les premières scènes, Pasolini place sa caméra du point de vue des fascistes pervers qui organisent leur séjour dans une villa de l'éphémère République sociale italienne, entraînant un inconfort certain. Dans la première scène de repas, presque tous les plans sont ce que voient les personnages. La manière de filmer l'horreur, l'indécence et les atteintes aux corps s'avère bien plus éthique que nombre de films contemporains et leurs interminables plans moyens ou d'ensemble. Ici, chaque plan rapproché signifie une violence. Tout le sens est contenu dans la longue scène finale où l'un des quatre protagonistes regarde à travers des jumelles les sévices commis sur les jeunes gens, Pasolini forçant encore plus l'acceptation ou l'évitement. Mais des images brutes, sans les hurlements, ne permettent-elles pas de comprendre qu'elles s'adressent à un tortionnaire, et ainsi une distanciation ?

Analyser Pasolini comme cinéaste, non comme icône ou martyr, correspond bien à sa filmographie, en particulier à ses trois films consacrés à des figures mythologiques ou religieuses : *L'Évangile selon saint Matthieu* (1964), *Œdipe roi* (1967) et *Médée* (1969). Ils partagent la volonté de représenter

1 - Voir Michel Foucault, « Sade, sergent du sexe » [1975], dans *Dits et écrits II*, édition sous la dir. de Daniel Defert et François Ewald avec la collaboration de Jacques Lagrange, Paris, Gallimard, 1994, p. 818-822.

le surnaturel et le passé lointain de la façon la plus réaliste possible, en se demandant comment leurs témoins auraient pu les observer. Reprenant le texte biblique, *L'Évangile*, ressorti cet été dans une version numérique bienvenue, choisit ce point de vue dès la visite des Rois mages. Satan défiant le Christ dans le désert n'est qu'un homme, filmé comme un mirage ; le support sur lequel se tient l'acteur lors du miracle de la marche sur l'eau est visible à l'écran, entraînant quelques rires dans la salle… Mais, là aussi, l'angle choisi est celui des témoins, ici les Apôtres. Semblablement, la scène de dispute théologique entre Jésus et les pharisiens correspond aux regards des enfants. Les mêmes plans lointains figurent le héros lors de ses prêches dans Jérusalem, à peine discernable dans la foule ; ses échanges avec Ponce Pilate, sa remise aux autorités romaines, que Scorsese interroge dans *La Dernière Tentation du Christ* (1988), s'avèrent ici peu audibles et visibles, montrées d'après ce qu'en voit Pierre, témoin ensuite suivi pour mieux montrer ses trois reniements. Conscient que son scénario se suffit à lui-même, Pasolini peut décider de placer ses spectateurs parmi les témoins anonymes, comme lors de la Passion, elle aussi filmée de loin et se terminant sur le visage de Marie en pleurs. Le long du film, seule la recherche de la plausibilité l'intéresse, et le long métrage demeure une des rares réussites du matériau biblique sur grand écran.

La même volonté de normaliser le mythe se retrouve dans le traitement de la Grèce antique dans *Œdipe roi*[2]. Le spectateur découvre avec surprise que son prologue se situe dans l'Italie du *Ventennio* fasciste, commençant par un plan de monument aux morts, bien que ce décor moderne symbolise Thèbes. Ce n'est qu'une fois sorti de cette ville que le héros, circulant dans des paysages désertiques et des routes non pavées (le film fut tourné au Maroc) parvient dans un cadre où un mythe universel peut devenir crédible. Delphes, son sanctuaire et la sibylle sont désacralisés, représentés comme un simple lieu de rassemblement sous un arbre, tandis que la Sphinge est un homme costumé au visage invisible. Œdipe revient à l'époque moderne, cette fois l'Italie de l'après-guerre, une fois aveuglé. Pasolini signifie ainsi la fin du mythe juste après son accomplissement, l'appartenance de cette histoire à un autre cadre de croyance.

« C'est une histoire compliquée, car elle est faite de faits, et non de pensées », déclare le centaure (Laurent Terzieff) au jeune Jason dans *Médée*. La surprise esthétique se trouve dans la représentation de la Colchide (ouest de la Géorgie actuelle) selon les codes visuels du christianisme orthodoxe : la Toison

2 - Voir Anne-Violaine Houcke, *L'Antiquité n'a jamais existé. Fellini et Pasolini archéologues*, Rennes, Presses universitaires de Rennes, 2022.

d'or se trouve ainsi dans une chapelle avec des fresques religieuses ! Le sens de l'histoire d'amour de Médée devient donc le passage du monde grec au monde latin, quand bien même l'histoire est, là aussi, censée appartenir à la Grèce antique. La mise en scène d'un sacrifice au début du film paraît pourtant crédible et permet de comprendre le sens de cette sacralisation de la chair et du sang. Le choix de Maria Callas dans le rôle-titre renforce ce mélange de réalisme et d'irréalité : la salle s'attend peut-être à voir un film opératique, alors que Pasolini adapte avec rigueur le mythe, jusqu'à sa revanche sanglante finale.

Dans leur numéro de juillet-août 2022, les *Cahiers du cinéma* consacrent un dossier croisé à Pasolini et Fassbinder. Les deux ont en effet interrogé les réussites économiques de leurs pays, vaincus en 1945 et réhabilités dans l'après-guerre. Les deux premiers films de Pasolini, *Accattone* (1961) et *Mamma Roma* (1962), sont des portraits acerbes des marges de la reconstruction italienne : habitants des faubourgs populaires de Rome, petits délinquants et prostituées en constituent les personnages. Le réalisateur n'hésite pas à s'y moquer des symboles de son pays : ainsi du personnage de *Mamma Roma* qualifiant trois porcelets de *fratelli d'Italia*… L'un des personnages d'*Accatone* s'étirant répond : *« L'Italia s'è desta »* (« L'Italie s'est levée », vers de l'hymne national) ; cependant qu'un autre décrit un comparse en ces termes : *« Tous aussi courageux que lui, on aurait gagné la guerre ! »* Plus encore, Pasolini parvient à susciter la même pitié de la salle envers Stella, contrainte de se prostituer dans *Accatone*, qu'envers les victimes de *Salò*, et piège ses spectateurs quant aux sentiments qu'ils doivent éprouver envers le héros.

Accattone et *Mamma Roma* parlent de proxénétisme sans jamais montrer une scène de sexe, ce qui les rend paradoxalement encore plus sordides. Pasolini mélange encore une fois le superbe et le cru, la culture classique (la musique de Bach, le banquet d'ouverture de *Mamma Roma* composé comme *La Cène* de Léonard de Vinci, le jeune homme mort dont le plan est cadré comme le *Christ mort* de Mantegna[3]) et une mise en scène moderne, semblable à la Nouvelle Vague : de lents travellings arrière créant des plans séquences sont utilisés ; les scénarios se terminent de manière abrupte. Issu du réalisme, le cinéaste s'est consacré aux mythes, ainsi qu'à trois adaptations de classiques littéraires (*Le Décaméron* [1971], *Les Contes de Canterbury* [1972] et *Les Mille et Une Nuits* [1974]). Un réalisateur normal, malgré ses audaces, et dont la fin violente ne doit pas laisser penser qu'elle était inscrite dans son œuvre.

3 - Référence mise en évidence par Jean-Louis Bory au *Masque et la Plume* en janvier 1976.

Recensions

Le sacre de l'authenticité

Gilles Lipovetsky

Gallimard, 2021, 432 p., 22,50 €

Gilles Lipovetsky propose ici une étude sur la *« culture de l'authenticité »* développée au sein de notre société moderne. Une culture qu'on reconnaît notamment au riche vocabulaire de la transparence et de l'opacité, développé au fil des siècles, par lequel s'affirme un souci de fidélité à soi.

Lipovetsky distingue trois phases dans l'ascension de cette culture. La version initiale, affirmée depuis le XVIIIe siècle par des penseurs qui, comme Rousseau, osent se présenter tels qu'ils sont, est réservée à une élite et se définit contre le conformisme des masses. Dans les années 1960 et 1970, la contre-culture permet à des foules de rallier ce non-conformisme. Enfin, à la suite de la disparition de l'ennemi d'hier, on assiste au triomphe de la culture de l'authenticité : *« "Être soi-même" est devenu la norme, et la non-conformité un idéal et un mode d'être valorisé. »* L'authenticité est alors traitée comme une *« panacée »*, une *« religion »*, un *« instrument de salut »*, etc.

C'est sur cette troisième phase que porte essentiellement le livre. Si les phases antérieures sont fréquemment évoquées, c'est pour faire ressortir, par un jeu de contraste, ses traits distinctifs. L'auteur est donc porté à les accentuer : un individualisme sans limites caractériserait notre société. Ainsi, la reconnaissance sociale du transsexualisme indiquerait que *« l'idéal d'authenticité a fait sauter toutes les limites* […] *au droit à l'autodéfinition personnelle »* (un diagnostic que dément pourtant déjà le fait, relevé par Rebecca Tuvel, que nous sommes infiniment moins portés à accepter les autodéfinitions lorsqu'il est question de l'identité dite raciale[1]).

Dans plusieurs passages de son analyse du monde actuel, Lipovetsky laisse de côté le contraste avec la première phase. Il propose alors un portrait bien plus nuancé de la place de l'authenticité dans nos vies (par exemple, lorsqu'il note que la fraude du constructeur automobile Volkswagen, grâce à des dispositifs

1 - Voir Rebecca Tuvel, « Pour défendre le transracialisme », trad. par Vincent Duhamel, *Les Ateliers de l'éthique*, vol. 12, n° 2-3, automne 2017, p. 100-119.

visant à dissimuler des émissions polluantes, n'a guère affecté ses ventes). Mais ces analyses ponctuelles ne l'amènent pas à remettre en question l'hypothèse historique qui offre le cadre d'ensemble à sa réflexion.

L'absence d'ennemi de l'authenticité transformerait drastiquement la signification de cette dernière. Naguère, celui qui suivait la voie de l'authenticité était animé par une *« exigence intérieure d'adéquation à soi »*, par le souci d'*« émancipation par rapport au jugement d'autrui »*. Celui qui, aujourd'hui, croit suivre cette même voie, en fait, *« se regarde avec les yeux des autres, s'aligne sur la pratique des autres »*. L'éthique de l'authenticité a laissé place à une rhétorique de l'authenticité, *via* la manipulation de ce qui donne un *« parfum d'authenticité »*, par exemple l'emploi du *« registre émotionnel »*. Cette rhétorique paie : ainsi, aux yeux de plusieurs, Donald Trump, pourtant menteur invétéré, semble, en raison de son style provocateur (qui « fait vrai »), « dire les choses telles qu'elles sont », « exprimer tout haut ce que tous pensent tout bas ». Naguère, celui qui se montrait tel qu'il était devait affronter la réprobation sociale, qui constituait une mise à l'épreuve de son caractère. La culture de l'authenticité était donc synonyme de *« sacrifice »* et d'*« ascèse »*. Celui qui proclamait à la face du monde sa vérité intérieure, entreprenant une *« épopée virile »*, démontrait son *« héroïsme »*. Aujourd'hui, en raison de l'absence d'opposition, le non-conformisme de masse se confond avec le conformisme de masse. Par un retournement dialectique, le monde dans lequel l'éthique de l'authenticité triompherait serait tout aussi bien celui de sa perte. Une authenticité qui ne coûte rien, nous dit au fond Lipovetsky, ne vaut pas grand-chose. Le portrait qu'il nous propose, par moments, rappelle le *Meilleur des mondes* d'Aldous Huxley : un monde dénué du sens du drame, dans lequel l'engouement pour l'authentique (pour les ruines historiques visitées par les voyageurs, pour les vêtements *vintage*, etc.) est au fond au service de jeux de rôle divertissants.

Au cœur de l'argumentaire, donc, une hypothèse historique : on serait passé de la répudiation de l'authenticité à sa célébration. À cette hypothèse, on objectera d'abord qu'on continue de nos jours à prendre la pose de l'individu héroïque affrontant la société conformiste. Ainsi, on recourt volontiers, au sein de l'*alt-right*, à l'analogie (tirée du film *Matrix*) de la pilule rouge et de la pilule bleue, la première étant choisie par ceux qui sont prêts à apprendre une vérité troublante sur le monde qu'ils habitent, la seconde par ceux (les médiocres *normies*) qui préfèrent stagner dans un mensonge heureux.

Par ailleurs, les récits épiques racontés naguère par les héros de l'authenticité, sur la répudiation qu'ils ont dû affronter, rendent-ils bien compte de leurs péripéties ? Pensons au récit dramatisé, raconté par Freud, de l'opprobre généralisé qu'aurait suscité la théorie analytique et dont il aurait personnellement payé le fort prix. Bien des historiens l'ont montré, la réception de cette théorie fut en réalité bien plus bienveillante. Freud revêtait les habits du paria parce qu'il pouvait ainsi se présenter comme un modèle d'authenticité et présenter la psychanalyse comme une voie permettant d'atteindre une transparence jusque-là insoupçonnée (il *« avait mis au point*, s'écriait Kenneth Burke, *une méthode pour être franc*[2] *»*). Voilà qui lui permettait d'indiquer à ses lecteurs qu'ils pouvaient à leur tour, en reconnaissant la véracité de la théorie analytique, emprunter cette voie brave de la transparence : s'ils parvenaient à *« surmonter* [en eux-mêmes] *une hostilité instinctive*[3] *»* contre sa théorie, ils pourraient vaincre les résistances qui les empêchaient de voir clair en eux-mêmes. En deux mots, le rejet universel suscité par les vérités repoussantes qu'il présentait au monde signalait leur authenticité et leur valeur.

Freud marchait sur un sentier bien tracé. Rousseau avait critiqué Montaigne qui *« faisant semblant d'avouer ses défauts, a grand soin de ne s'en donner que d'aimables*[4] *»*. Ses propres aveux seraient choquants, donc vrais. En mettant en scène ses aveux comme des aveux ne pouvant être reconnus, il suggérait qu'il était parvenu à se libérer de la dépendance mortifère au regard des autres. L'habileté remarquable avec laquelle cette revendication paradoxale était mise de l'avant (par Rousseau, Freud et bien d'autres) montre bien que, même durant la première phase, l'individu affirmant communiquer sa vérité ne manquait pas de se regarder avec les yeux des autres.

Autrement dit, la rhétorique de l'authenticité que Lipovetsky déplore dans sa description de la troisième phase était présente dès la première. Aurait-il pu en être autrement ? L'individu se suffisant à lui-même est un mirage que notre société individualiste se donne à elle-même. Et on ne reconnaît pas la présence de l'authenticité comme on reconnaît la présence d'une table. Ce qui est authentique est sujet à interprétation. Aussi ne peut-on pas manquer de s'indiquer les uns aux autres les signes auxquels reconnaître l'authenticité : non seulement la répudiation sociale, mais aussi l'expression

2 - Kenneth Burke, "Freud and the analysis of poetry" [1939], dans *The Philosophy of Literary Form: Studies in Symbolic Action*, Berkeley, University of California Press, 1974.

3 - Sigmund Freud, *Leçons d'introduction à la psychanalyse* [1915], édition sous la dir. de Jean Laplanche, Paris, Presses universitaires de France, 2010, p. 10.

4 - Jean-Jacques Rousseau, *Les Confessions* [1782], édition de Raymond Trousson, Paris, Honoré Champion, 2010, p. 672.

émotionnelle et maladroite, apparemment plus spontanée (nous sommes, par exemple, portés à croire que les propos désordonnés du patient de la cure analytique qui se livre à la libre association révèlent davantage sa pensée que ceux qu'il tient dans d'autres contextes). Une fois ce code établi, des gens ne manqueront pas de produire ces signes afin de persuader leurs interlocuteurs de l'authenticité de ceci ou cela.

L'hypothèse de la transition historique proposée par Lipovetsky suppose que la culture de l'authenticité initiale a émergé d'actions purement solitaires. La présence, dès la première phase, de cette rhétorique saturée d'idéaux et de modèles d'héroïsme ne nous rappelle-t-elle pas simplement, au fond, que cette culture de l'authenticité était déjà une culture ?

Jean-Baptiste Lamarche

Inclusions
Esthétique du capitalocène

Nicolas Bourriaud

Presses universitaires de France, 2021, 240 p., 16 €

La notion de « capitalocène » rend compte du lien de causalité entre les pratiques de l'homme pris dans le système de production capitaliste et les modifications sans précédent de la biosphère auxquelles nous assistons depuis quelques décennies. Cette notion est avant tout critique, puisqu'elle rattache les bouleversements que subit l'environnement à l'activité économique de l'homme. C'est donc dans une perspective critique que Nicolas Bourriaud interroge à nouveaux frais la place de l'art dans nos sociétés capitalistes, ainsi que les relations entre esthétique et capitalisme, en cherchant à déterminer l'espace désormais échu à l'art contemporain et en montrant en quoi la contrainte capitaliste ménage des espaces propices à son incorporation comme à sa critique, comme avant lui pour la magie.

À l'arrière-plan de cette réflexion se situe le constat d'une désubstantialisation progressive de l'homme, pris dans une crise planétaire qui le dépasse, et la valorisation de ce que Bourriaud présente comme une esthétique inclusive. De nombreux exemples d'artistes ou de performances artistiques contemporaines viennent étayer la réflexion de Bourriaud. Ce dernier retient surtout une ligne méthodologique conductrice, celle de l'anthropologie comme pensée du décentrement, et une vision kantienne de l'art. En effet, Bourriaud ne retient de l'esthétique que sa dimension de réception, en faisant reposer l'art sur un impératif de relation, prenant place dans une sphère de sens intersubjective. L'art est valorisé pour sa nature critique à l'égard du capitalisme, et Bourriaud reprend à nouveaux frais la notion d'*« exforme »* pour redéfinir l'art moderne comme espace regroupant les choses rejetées par le pouvoir. L'art contemporain, héritier de cette revalorisation esthétique flottant entre *« dissidence et pouvoir »*, est devenu pour l'auteur un *« quasi-objet »*, une sorte d'hybride rassemblant humains et non-humains dans un processus, une formation qui n'a plus rien d'immobile ou de passif et qui dépasse l'opposition binaire entre nature et culture[1].

Outre sa valeur éminemment critique, l'art contemporain possède donc la capacité de réenchanter et de revitaliser un monde chosifié et réduit au silence, en accordant une place privilégiée au surplus de sens qui caractérise le réel. L'auteur nous propose ainsi de rapprocher l'espace esthétique et l'espace magique, au moins à un niveau topologique, en les considérant comme des transcripteurs de la surabondance de forces et de signifiants en formes toujours nouvelles, qui permettent à l'homme de réinvestir pleinement son milieu ; c'est en ce sens que l'auteur rappelle la pensée de l'historien de l'art Aby Warburg, pour qui l'art s'apparente à un *« dynamogramme*[2] *»*, un convecteur de forces en formes. En ouvrant de nouvelles perspectives sur le monde, en développant un point de vue qui s'inscrit dans une sphère interhumaine mais qui en change l'ordre habituel, l'œuvre d'art contemporaine dérange et échappe aux sphères matérielles pour devenir parfois modèle d'action et idéologie. Parce que l'œuvre d'art dépasse cette matérialité, elle est similaire au déchet comme objet spécifique produit et hésitant entre les sphères de l'exclu et de l'admis, non réutilisable et possédé seulement partiellement. L'art contemporain reprend à son compte ce qui déborde et devient en cela comme un produit de déchets, un « déchet » lui-même, lorsqu'il parvient à échapper au devenir-marchandise.

Les débordements que l'œuvre d'art prend en charge sont autant d'excès de sens et de réflexions artistiques qui permettent de mieux cerner les caractéristiques contemporaines de l'art, souvent construites en réaction au capitalisme, soit en opposition, soit en adéquation avec les mutations qu'il a introduites. Certaines

1 - Voir Nicolas Bourriaud, *L'Exforme. Art, idéologie et rejet*, avant-propos de Laurent de Sutter, Paris, Presses universitaires de France, 2017. L'ouvrage emprunte la notion de *« quasi-objet »* à Bruno Latour, *Nous n'avons jamais été modernes. Essai d'anthropologie symétrique*, Paris, La Découverte, 1991.

2 - Aby Warburg, *L'Atlas Mnémosyne*, trad. par Sacha Zilberfarb, avec un essai de Roland Recht, Paris, L'Écarquillé, 2012.

initiatives artistiques visent à créer sans plus produire[3], c'est-à-dire éviter l'accumulation matérielle que Bourriaud diagnostique comme symptôme du capitalisme et cause d'un encombrement mortifère de la pensée. L'auteur présente ainsi l'art contemporain comme une affaire de conduction et non plus de production, processus de revalorisation de ce qui existe déjà sous sa forme achevée et que l'artiste se contente d'assembler ou de présenter, obéissant désormais à une *« éthique de la récupération »*.

Suivant une même logique libératrice, d'autres artistes, comme Mark Leckey et Pierre Huyghe, ont poussé plus loin la distinction entre nature et culture, sujet et objet, en cherchant à faire de l'art une simple puissance intensificatrice de ce qui est, sans plus supposer comme médiateur nécessaire le langage ou la présence humaine. Ils suivent ainsi la pensée de décentrement qui accompagne l'art contemporain et qui est une conséquence directe, selon Bourriaud, de l'anthropocène comme « stade du miroir » renvoyant l'homme à sa totalité et non plus à des fragments. La notion de décentrement est une conséquence de l'anthropocène et critique toute forme d'anthropocentrisme pour replacer au cœur de la réflexion le vivant, voire les non-humains, sans plus établir de hiérarchie entre homme et nature, objet et phénomène, forme et contenu, jusqu'à l'*« antihumanisme »* de l'objet. Pour reprendre les termes de Nicolas Bourriaud, l'art contemporain oscille donc entre réification (transformer le vivant en chose) et prosopopée (prêter une voix à une chose), sans toutefois réduire le vivant à la catégorie unique de l'objet. Ce faisant, l'esthétique actuelle s'attache à une perspective décentralisée.

Mais, en tant que sphère inclusive, elle dépasse la puissance capitaliste de dévitalisation et d'effacement des singularités et des frottements. L'art contemporain développe donc sa propre autonomie critique qui en fait un espace, en marge, celui d'une perte de contrôle et d'un réservoir à excès de sens, semblable en cela à la magie. Puisque l'art contemporain vise à incorporer les objets et les vivants à une forme active conductrice, il en devient une qualité imposée aux choses comme un sort.

Il reste à relativiser la constitution de la sphère artistique contemporaine par sa condition d'émergence et de réception. Ce prisme renvoie à la conception de l'esthétique posée par Kant dans son *Analytique du beau*, même si la beauté de l'œuvre n'est plus considérée comme libre rapport des facultés provoquant la satisfaction du

3 - Voir le travail artistique de Douglas Huebler, qui abandonne la sculpture et la peinture en 1968 : *« Le monde est rempli d'objets, plus ou moins intéressants ; je ne désire pas en ajouter. Je préfère simplement constater l'existence des choses en termes de temps et/ou de lieux. »*

sujet contemplatif, mais bien plutôt comme le maximum relationnel capté par l'œuvre : en somme, une pensée inclusive, immergée dans un milieu de signes dont elle tente de ressaisir les complexités sans les hiérarchiser. Dès lors, la posture d'hybride rattachée à l'art contemporain comme *« quasi-objet »* permet de rendre compte de cette difficulté, refusant l'opposition binaire entre nature et culture. La figure de l'artiste s'en trouve revalorisée comme instigatrice de formes nouvelles. Pour Bourriaud, la singularité des artistes, associés auparavant à leur génie ou à leur excentricité, s'est dissoute au profit de l'inclusivité et du décentrement, non pas comme stratégie d'éradication de la subjectivité, mais plutôt comme reconnaissance d'un point de vue parmi d'autres au sein d'un environnement multiple et foisonnant, dont il dépend.

Cet entrelacement de la singularité et du tout est en définitive caractéristique de l'art contemporain, dont l'émergence dépend du capitalisme, mais qui a développé ensuite de nouvelles formes en réinvestissant l'aspect relationnel de tout milieu, pour devenir espace critique. C'est encore cet aspect relationnel qui explique les dangers qui menacent l'espace critique, puisque l'art contemporain avance et crée en funambule, guetté par le vide de la valeur marchande et du *« fétichisme sec »*.

Johanne Vrain

Découvrir le programme du CNR

Laurent Douzou

Éditions sociales, 2022, 184 p., 10 €

Le programme du Conseil national de la Résistance est devenu un symbole prégnant dans la société française. Mais pour qui et pour quoi ? Dans l'imaginaire commun, ce programme évoque pêle-mêle : la Résistance, la Sécurité sociale, la retraite, etc. De nos jours, il est régulièrement mentionné dans des articles ou discours politiques. Comment expliquer une telle postérité ?

Pour le découvrir ou redécouvrir, Laurent Douzou, historien et spécialiste de la Seconde Guerre mondiale et de la Résistance[1], propose une mise en perspective de ce programme adopté le 15 mars 1944. Il s'agit de répondre à la surprise formulée dès la première page de l'introduction : *« Qu'au bout du compte, près de quatre-vingts ans plus tard, il hante encore le débat public a de quoi intriguer.* » Cet ouvrage est publié dans la collection « Les propédeutiques » (et plus précisément dans la série

1 - Signalons du même auteur, un ouvrage récent et passionnant sur un moment charnière de l'histoire de la Résistance : *Le Moment Daniel Cordier. Comment écrire l'histoire de la Résistance ?*, Paris, CNRS Éditions, 2021.

« Découvrir ») des Éditions sociales qui entendent faire découvrir un auteur ou une question en présentant des textes associés pour contextualiser et problématiser le propos. Le principe est louable et l'exercice, ici, réussi.

L'originalité et la qualité du livre résident dans le choix de construction des chapitres avec le même principe : texte (programme politique, manifeste, allocution radio, extraits de livres ou d'articles, etc.), présentation de son auteur, problématisation et analyse de Laurent Douzou, courte bibliographie sélective pour aller plus loin. La mise en page aurait peut-être gagné à être plus marquée pour mieux distinguer les parties de chaque chapitre, mais cela ne dessert en rien la lecture. La diversité des textes proposés – du programme du Front populaire à un discours d'Emmanuel Macron, d'un télégramme de Rex (Jean Moulin) à l'appel de Résistants en 2004, en passant par des extraits de *L'étrange Défaite* de Marc Bloch, et bien sûr avec de larges extraits du programme lui-même – permet d'embrasser le programme du CNR dans sa filiation, ses enjeux, son héritage et ses controverses.

Le programme du CNR n'est pas le premier, comme le souligne l'auteur, à proposer des réformes ou plus de protection sociale. Mais c'est le premier à avoir une vision globale d'avenir avec de réelles idées en rupture. Il affirme le primat du général sur le particulier par le principe de solidarité. Relevons quelques mesures célèbres : *« un plan complet de sécurité sociale, visant à assurer à tous les citoyens des moyens d'existence, dans tous les cas où ils sont incapables de se les procurer par le travail »* ; *« une retraite permettant aux vieux travailleurs de finir dignement leurs jours »*. Le programme comprend plusieurs innovations, notamment le droit d'accès des ouvriers à des fonctions dirigeantes, des nationalisations pour éliminer certaines *« grandes féodalités économiques et financières de la direction de l'économie »*, le droit au travail et au repos, les comités d'entreprise, etc. Laurent Douzou relève deux oublis regrettables : aucun mot sur le vote des femmes ou sur la situation de l'empire colonial français.

Résultat du travail de l'ensemble de la Résistance (et non le projet d'un seul bord politique), la fécondité et le succès de ce programme naissent de la rencontre d'un texte puissant et de circonstances exceptionnelles : il intervient à la sortie d'une guerre désastreuse où tout est à reconstruire.

À la Libération, le programme est mis en œuvre pour l'essentiel. Après un relatif oubli après-guerre, il réapparaît sur le devant de la scène dans les années 2000, pour être convoqué par Nicolas Sarkozy comme figure tutélaire non pour son contenu, ironie de l'histoire, mais comme exemple de la puissance et de la volonté de réformer la France à un moment critique de son histoire. On peut célébrer pour mieux perpétuer, mais aussi célébrer pour mieux décrier, voire enterrer. Laurent Douzou relève plusieurs fois, à juste titre, cette ambiguïté. À ce sujet, un article de *Challenges* de 2007 l'affirme clairement : *« Il s'agit de défaire méthodiquement le programme du CNR. »* Si l'article est à charge, la question de fond est posée en ces termes : le modèle social français est-il uniquement un accident historique ?

En étudiant ici les conditions d'émergence et les aléas de la mémoire collective, Laurent Douzou permet d'en appréhender les mécanismes. La mémoire transforme l'événement et celui-ci devient moins important que la trace qu'il laisse, trace et interprétations façonnées au gré des problématiques et contingences actuelles. Le CNR peut-il ou doit-il rester le mythe fondateur d'un contrat social passé entre les Français après la Seconde Guerre mondiale ? Est-il à défaire pour les uns, à dépasser pour les autres, tout en conservant l'esprit sinon la lettre ? Face à cette question, plusieurs résistants, dont Stéphane Hessel (qui prolonge cette démarche en 2010 par son petit opuscule *Indignez-vous !*, avec le succès que l'on sait), Lucie et Raymond Aubrac, Daniel Cordier, Germaine Tillion ou encore Jean-Pierre Vernant signent en 2004 un texte commun et appellent à *« définir ensemble un nouveau "Programme de la Résistance" pour notre siècle »*. Tel est peut-être le message intemporel du CNR : sa puissance créatrice. En ce sens, si aujourd'hui certaines solidarités sociales, qu'on pensait définitives, sont désormais à nouveau remises en question, un nouveau souffle et un nouveau sens sont à réinventer et à écrire.

Cet ouvrage tient la promesse proposée en introduction : découvrir pour faire réfléchir avec la profondeur historique indispensable. À partir de cette réflexion, on peut se demander quel récit, souvent compris comme les expressions, trop confuses, de « vivre ensemble » ou de « bien commun », les responsables politiques peuvent proposer à une société de plus en plus fragmentée. Les *« jours heureux »* ont-ils un avenir ? Lequel ? Au lecteur, riche de cette (re)découverte, de se faire son opinion.

Olivier de Lapparent

À chaque instant, la fin du monde

Livre des vertus à l'épreuve du désastre

Pierre Magne, Arnaud Marie et Benoît Christel

L'Escargot, 2022, 150 p., 15 €

Un livre kaléidoscopique et parfois déroutant sur l'écologie, alternant les appels à l'ascèse intime ou à une forme de révolte sociale sur soi-même, témoin d'une tendance s'imposant progressivement dans la société : l'« éco-spiritualisme ». À lire, le sentiment d'une confusion radicale qui se perd trop souvent dans le flou binaire. Dès l'introduction, le ton est donné sur une vision en partie collapsologue et décroissantiste de l'écologie, où l'éthique environnementale est catégoriquement refusée au monde de l'entreprise. Ainsi, il s'agira de traiter surtout l'homme dans ses doutes et angoisses existentielles, *« la réfection de notre intérieur »* étant mise en priorité sociétale dans l'après-Covid par les auteurs. Une réflexion dessinant une *« itinérance de vertus »* que nous essayons de saisir dans ses différents cheminements et quelques pas de côté.

Premièrement, l'analyse d'une *« théologie de la fin »* se fait positivement critique des collapsologues *mainstream* : *« Les effondristes sont d'incorrigibles croyants dans le destin admirable de l'histoire. Ils remplacent simplement le grand soir de la Révolution par le petit matin du Renouveau. »* Avec la proposition le long d'un chapitre d'un *« détachement »* des réalités écologiques du monde, il s'agit d'une complexité de la pensée à appliquer à soi-même où le *« détachement n'est pas désaffection, ni indifférence »*. Le propos manque parfois de clarté sur le point d'équilibre à trouver, mais il est vivifiant.

Néanmoins, c'est une volonté de *« détachement »* qui doit rimer nécessairement avec un *« attachement »*, autre notion développée dans un chapitre en son nom. Attachement qui témoigne de cette « génération X » qui cherche à comprendre le présent dans une forme de nostalgie à un passé moins ravagé par l'urgence environnementale, tout en restant un simple imaginaire non vécu. Cet attachement est donc exploré dans ses multiples aspects : il s'agit pour les auteurs d'une *« notion mystérieuse dont nous aurions perdu le mode d'emploi »*. Après cela, un propos qui s'éloigne parfois de l'écologie en mettant des coups de griffes inattendues comme sur des figures politiques : *« En France, le fossoyeur Mitterrand orchestrait avec une brutalité parfaitement dosée la transition vers le monde d'après. »*

Ensuite, nous découvrons un chapitre sur la notion de *« courtoisie »* qui débute par la dénonciation des *« incivilités »* de manière paradoxale. Il s'agit de dénoncer non pas leurs effets, mais leur simple contrôle par l'État ou les critiques légitimes de citoyen : *« le pouvoir qui aimerait rendre suspect n'importe quel geste »*, ou encore *« les managers de rues ressemblent comme sœurs aux Blockleiter des nazis chargés de faire des rapports à la Gestapo sur la bonne conduite des Berlinois. Toute cette chasse aux incivilités ne vise qu'à masquer la totale obscénité en laquelle consiste la société »*. On comprend mal le lien à l'écologie du chapitre : sûrement, la courtoisie pourrait être une forme de renoncement à l'action radicale. Puis, ce raisonnement aboutit à la valorisation directe, anarchiste et menaçante de l'action violente en politique, en référence aux Gilets jaunes et à un épisode historique : *« On ne toque plus à la porte des ministères, on entre sans frapper. L'ennemi nous identifie à partir de ses répugnances ; nous sommes les sans-dents. »* La légitimation de la violence contre la police du boxeur star des Gilets jaunes apparaît dans le chapitre suivant : *« Le corps contingenté de Dettinger investit l'espace. Plus il semble immense, plus le CRS en face se ratatine dans sa cuirasse. [...] Dettinger a la contingence aux poings. Le monde appartient à ceux qui sont encore capables de gestes. »* Voilà une conception du vivre-ensemble en société qui laisse relativement songeur, signe que l'éco-spiritualisme coïncide parfaitement avec l'individualisme.

Nonobstant pareille violence gratuite, le cœur du sujet (à notre sens, l'éco-spiritualisme) apparaît plus distinctement dans un autre chapitre nommé « Acuité », notamment par un sous-chapitre dont le titre est symbolique : « Abonnement premium à la transcendance ». Ainsi, la Covid a été un déclencheur de cette prise de conscience spiritualiste selon les auteurs : *« Toute l'expérience s'est volatilisée dans la relation de l'intériorité et du surnaturel, de la maison et de Netflix, des couettes et des super-héros, ultimes avatars de la relation de l'âme à Dieu devant prévaloir sur le monde. Bill Gates est le bâtard d'Augustin.* [...] *Nous nous prenons à attendre des êtres démoniaques répandus par toute la nature, à espérer qu'ils reviennent. »* Subséquemment, les auteurs parlent de manière iconoclaste et néo-chamanique du combat pour l'écologie : *« Nous acceptons de négocier autour de l'exploitation du monde à des fins économiques alors qu'il s'agit de se battre contre la pacification du visible. »*

Globalement, un livre relativement insondable dans sa structure, anarchiste dans son fond et sa ligne directrice, appelant à la violence directe. La pensée est fréquemment éloignée des enjeux de l'écologie, épousant un éco-spiritualisme contestataire et verbeux. Certains passages restent plaisants, malgré le développement parfois confus, baroque et composite des auteurs. Un soin particulier à la bonne phrase est apporté, mettant en scène une certaine esthétique politique radicale : *« Dans l'obscurité, nous cherchons des lumières qui ne soient ni divines, ni nucléaires. »*

Finalement, l'observation de l'éco-spiritualisme grandissante dans notre société est sûrement l'aspect le plus remarquable de l'ouvrage. Selon les auteurs, un changement d'époque est là : *« Nous ne serons plus jamais spontanément cosmiques. Nous voilà donc dans l'obligation de nous rendre attentifs. »* Se changer soi-même pour changer le monde, boussole de l'éco-spiritualisme aussi dans d'autres galaxies. Collapsologie et éco-spiritualisme sont les deux faces de la même pièce[1].

Pierre Cilluffo Grimaldi

1 - Voir Jean Chamel, « Faire le deuil d'un monde qui meurt. Quand la collapsologie rencontre l'écospiritualité », *Terrain*, n° 71, 2019, p. 68-85.

Vers une civilisation de l'algorithme ?

Un regard chrétien sur un défi éthique

Pierre Giorgini et Thierry Magnin

Préface de Jérôme Vignon

Bayard, 2021, 408 p., 19,90 €

Les innovations des nano- et biotechnologies, sciences de l'information et cognitives (NBIC) méritent d'être pensées ensemble, ainsi qu'inscrites dans une histoire des sciences et techniques. Pour ce faire, Pierre Giorgini et Thierry Magnin mobilisent leurs points de vue d'ingénieur et de physicien, mais aussi d'hommes de foi, et dressent un panorama des progrès « post-scientifiques » les plus récents – post-scientifiques, car le temps n'est plus ni à l'enthousiasme de principe, ni à la critique de principe face à toute innovation, deux écueils auxquels les auteurs échappent résolument. Ils sont en effet attachés à dresser un juste constat, pour faire la part de ces avancées.

Ainsi, les NBIC convoquent les BANG (bits d'information, atomes, neurones, gènes) D'une certaine manière, les technosciences s'émancipent tendanciellement des scientifiques. Place aux ingénieurs et surtout aux *« cybiontes »*, ces êtres hybrides et autonomes imaginés par Joël de Rosnay, forgés par une intelligence artificielle sachant utiliser la techno-ingénierie aux fins de cette production jusqu'au niveau infinitésimal. C'est, comprenons-nous, une perspective immédiate compte tenu des progrès des NBIC.

Or cela rompt radicalement un certain rapport humain, et même scientifique, à ce qu'il faut bien appeler le réel. Ce dernier, cadencé par les *« écorithmes »*, est le fruit d'un patient et harmonieux travail d'équilibrage entre force et vulnérabilité, conservation et altération. Face à cela, l'intelligence scientifique œuvrait à tâtons, aux fins de la reconstruction progressive de modèles épistémiques toujours incomplets ; la mathématique n'étant, à ce stade, qu'un outil d'intelligibilité parmi d'autres, algorithmie et numération fonctionnant de concert.

Mais nous voici contemporains d'un abandon de ce rapport au réel (rapport, relevons-le même si les auteurs ne s'y attardent guère, relativement peu partagé : l'excellence scientifique n'est pas du commun des mortels). Quoi qu'il en soit, il faut leur donner raison sur la dégradation épistémique, et les craintes associées, de l'entrée dans l'ère des cybiontes : nous n'aurons plus d'intelligibilité des solutions techno-scientifiques, encore moins de prise sur elles. Nous subirons une émergence quasi spontanée, de plus en plus rapide, de choses *« naturficielles »*. Cela ne peut que frustrer les scientifiques, puis les ingénieurs eux-mêmes… et l'humanité entière d'entrer dans un monde envahi de cybiontes, peut-être régi par une machine totale, qui agirait sans comprendre, auto-adaptative, certainement hors de contrôle.

C'est forts de leur bagage scientifique et de leur ancrage spirituel que nos auteurs peuvent souligner avec précision toute l'aporie de ce scénario, le double manquement à la rationalité et à l'éthique. Disciples de Teilhard de Chardin, ils nous font comprendre les échos et le dialogue possibles entre science et foi, la compatibilité entre une vision chrétienne et la démarche scientifique. Ou plutôt : leur regard de scientifique sur le réel leur permet de préférer une théologie qui s'y accorde et de souligner un beau rapport de l'homme dans le vivant, un homme co-créateur au sens de Basile de Césarée, un homme jouant avec Dieu à créer, selon une règle du jeu : celle de la science.

On saisit alors l'enjeu éthique de la dégradation épistémique dénoncée : la perte d'un rapport historique de l'homme au réel, le rapport scientifique, qui empruntait au christianisme. Dès lors, comment pourrions-nous envisager harmonie sociale ou transition écologique ? Consommer cette rupture signifierait bien renoncer à la vérité en même temps qu'à la justice.

Pour l'éviter, nos auteurs tracent les contours de *« contreforts éthiques »* qui permettraient à tout l'édifice de rester debout. Mieux : de bâtir une civilisation autre qu'algorithmique. Ces contreforts, véritables critères de l'action innovante, sont *« offensifs et positifs »*. Il s'agit alors moins d'interdire ou de blâmer des pratiques technoscientifiques douteuses que de proposer un cadre dans lequel chacun pourra contribuer de manière raisonnée au bien commun, mettant en quelque sorte en œuvre l'encyclique *Laudato si'*. On sent à quel point leur proposition est informée d'une expérience d'éthiciens de terrain, embarqués dans des projets technologiques, avec d'autres experts tel Mathieu Guillermin.

Tout cela considéré, on saura gré aux auteurs de défricher un terrain aussi difficilement praticable : armés de leur bagage scientifique et théologique, ainsi que de leur pratique de l'éthique embarquée, ils peuvent nous indiquer précisément cette dégradation épistémique et morale, puis éclairer une autre voie possible.

Pourtant cette position, qui est la base de projection de leur inquiétude et de leur contre-offensive, est-elle bien solide ? La technoscience n'hérite-t-elle pas de la science ? « Essayer pour voir » n'est-il pas un assez bon slogan de la modernité scientifique ? Certes, nos auteurs relèvent justement la différence : il s'agit de moins en moins, avec la technoscience, d'essayer tout en comprenant. Mais reconnaissons que les scientifiques n'y comprenaient jusqu'à présent guère au-delà de leur silo. Ils n'avaient nulle raison solide de penser que de leur travail adviendrait quelque bien commun. Ou plutôt, ils avaient au moins deux raisons : une méthode scientifique toujours incertaine, et parfois la notion de médecins progrès comme lointain écho, mais fort dissonant, du *logos entekhnos* de saint Basile. Les scientifiques croyaient comprendre leur objet, tout en espérant que quelqu'un en maîtriserait le déploiement. Nous savons maintenant, grâce aux auteurs, ce qu'il en advint.

On se demande alors si ce ne serait pas, davantage encore que la rupture, la radicalisation, voire la continuation de cette modalité, qui ouvrit la porte aux cybiontes.

Arnaud Billion

Tocqueville
L'homme qui comprit la démocratie

Olivier Zunz

Fayard, 2022, 480 p., 25 €

Dans la lignée de ses précédents ouvrages sur l'histoire des États-Unis, *Le Siècle américain. Essai sur l'essor d'une grande puissance* (Fayard, 2000) et *La Philanthropie en Amérique. Argent privé, affaires d'État* (Fayard, 2012), Olivier Zunz offre un portrait complet et renouvelé d'Alexis de Tocqueville. L'intellectuel et homme politique y est montré dans toute sa complexité et ses contradictions face aux bouleversements du XIXe siècle. Olivier Zunz tente également de comprendre en quoi la définition de la démocratie par Tocqueville garde toute sa pertinence aujourd'hui et comment, en accomplissant un voyage destiné à étudier le système pénitentiaire américain, l'intellectuel parvient à saisir l'esprit démocratique de son époque. L'ouvrage est aussi une invitation à interroger notre démocratie actuelle, alors que nous connaissons une « crise démocratique », marquée par la défiance envers les institutions et la transformation des modes de participation citoyenne.

Olivier Zunz explore chaque étape de la vie de Tocqueville comme autant de chemins tracés par sa pensée – chemins souvent sinueux, se reflétant dans le récit par des allers-retours, des revirements, des doutes. Ses notes, ses discours, sa correspondance et ses journaux permettent de suivre avec précision son parcours intellectuel. La liberté d'esprit de Tocqueville lui a permis de s'affranchir de sa condition d'aristocrate. Olivier Zunz salue ainsi le fait qu'il *« fut capable de faire de son anxiété une force créatrice et sa passion pour la liberté lui permet d'accéder à une compréhension profonde et exigeante de la démocratie »*. Cette dernière renvoie à la forme de gouvernement qui nécessite la participation assidue du citoyen. Cette participation n'est cependant pas réduite au droit de suffrage : Tocqueville considère la démocratie comme un état d'esprit de la société, qui en imprègne toutes les sphères.

Le voyage en Amérique de Tocqueville et de Gustave de Beaumont fait l'objet d'un passionnant développement. L'étude des prisons d'Amérique lui sert de prétexte pour échapper à sa carrière juridique. De ville en ville (New York, Albany, Syracuse, Detroit, Boston…), les deux amis s'entretiennent avec les élites politiques et sociales, étudient les différents pénitenciers et s'interrogent sur les failles menaçant la société démocratique. Olivier Zunz, historien des États-Unis et qui y vit, nuance certaines analyses et souligne la pertinence de certaines autres, au vu de l'actualité politique américaine. Les observations accumulées lors de ce voyage engagent les réflexions de *De la démocratie en Amérique* sur l'égalité et la liberté. En effet, *« c'est là que se trouvait selon lui le grand défi de l'histoire moderne : trouver l'équilibre entre la liberté et l'égalité »*. Tocqueville craignait à la fois l'excès d'égalité pouvant mener à l'autoritarisme et l'excès de liberté exacerbant les inégalités sociales.

« À présent, vous allez agir. Votre pensée est dite, il faut l'incorporer » : ces mots, adressés par Lamartine en 1840, correspondent à la volonté de Tocqueville de concilier ses réflexions avec l'action politique. La question du paupérisme lui permet de lier son aspiration à la démocratie et sa foi catholique, qui sera toute sa vie soumise au doute. Il défend l'individualisme comme la manière pour chacun d'utiliser sa liberté afin d'accomplir son existence. C'est pourquoi il s'opposera toujours à l'esclavage comme *« un acte injuste, immoral, attentatoire aux droits les plus sacrés de l'humanité »*, présidant une commission chargée d'étudier son abolition. Olivier Zunz souligne la contradiction possible entre cette défense de l'individu et le souverainisme de Tocqueville, qui le fait promouvoir la colonisation française de l'Afrique du Nord.

Le coup d'État de décembre 1851 par Louis-Napoléon Bonaparte pousse Tocqueville à se détourner de la politique, ne voyant plus *« quelle pouvait être la voie lui permettant d'assouvir ses aspirations démocratiques »*. Ces dernières trouvent une traduction dans son nouveau projet d'étude, qui entend trouver l'explication historique à l'instabilité institutionnelle en France et à la popularité du régime autoritaire de Bonaparte. Mais il réoriente son travail autour de l'Ancien Régime et de la Révolution, avec la thèse que celle-ci a été une *« tentative avortée de faire advenir l'égalité et la liberté »*. De ces réflexions naît *L'Ancien Régime et la Révolution*.

En 1859, la tuberculose emporte Alexis de Tocqueville, à l'âge de 53 ans, laissant une réflexion inachevée sur l'histoire de la Révolution. La biographie d'Olivier Zunz nous emporte dans la vie passionnante de celui qui chercha, par l'étude et par l'action, la réalisation – elle aussi inachevée – d'une démocratie libérale et sociale.

Jeanne Bardoux

Géricault
Généalogie de la peinture

Jérôme Thélot

L'Atelier contemporain, 2021, 288 p., 9,50 €

Rares, bien rares, sont les historiens de l'art ou les amateurs de peinture pour qui Géricault figure au premier plan. D'autres noms viennent spontanément à l'esprit, même pour la simple peinture du XIXe siècle. Qu'on rouvre l'*Histoire de l'art* d'Élie Faure, c'est pour Delacroix qu'il s'enflamme et Géricault reste dans son ombre, à moins qu'on ne songe à Bataille pour qui la révolution en peinture et la naissance de l'art moderne vint de Manet. Bien sûr, il y a *Le Radeau de la Méduse*, toile spectaculaire s'il en est, saisissante assurément, mais est-ce bien la toile elle-même qui nous impressionne ou le souvenir de ce drame que nous n'avons pas connu ? Géricault serait-il le grand oublié de l'histoire de la peinture que le récent ouvrage de Jérôme Thélot s'efforce de sortir de l'ombre, l'entreprise déjà mériterait que l'on s'y attardât. Mais le sous-titre, en forme de défi, promet bien plus : donner accès non pas seulement à une œuvre que nous n'avions pas su voir – voir vraiment – mais littéralement au fondement de la peinture, et montrer sur pièce ce que peut un tableau.

Dès le premier chapitre, c'est-à-dire dès les premières années de peintre de Géricault, une leçon forte attend le lecteur : que cette généalogie de la peinture va de pair avec l'invention de l'existence humaine. Que montrent en effet ces premières toiles ? Des chevaux et des hommes, mais surtout la différence métaphysique qui passe entre eux – la différence, visible à même l'image, entre l'aveugle poussée de la vie dans l'animal et une forme humaine qui déjà s'en détache. La vie, l'existence – comme ces mots sont proches, et comment ne le seraient-ils pas pour nous qui sommes à la fois des vivants et des existants ? Qu'on regarde le mot et qu'on examine ces toiles : *ex-ister* veut dire sortir de soi, se séparer (de la vie) et parvenir à soi.

Ce n'est pas une petite affaire que de peindre la généalogie de la peinture, mais nous voilà devant une plus grande encore dès lors qu'il est question de révéler, à même une œuvre d'art, comment l'existence humaine arrive à soi en émergeant de la vie et en laissant derrière soi le simple fait de vivre tel que l'accomplit l'animal. De cet arrachement à la vie découleront la mélancolie de ces toiles, leur violence ou leur compassion. La naissance de l'humain ne se fait pas sans violence. Non plus que celle de la peinture lorsqu'elle se voit ramenée à *« son fonds de violence instauratrice »*.

Cette violence éclate dans le chef-d'œuvre du *Radeau*, auquel notre auteur consacre tout son chapitre central – tableau terrible, inoubliable, sublime certainement, mais d'un sublime sans dieu et pour cela version unique dans toute l'histoire de l'esthétique. Aucun idéal donc donné à voir, aucune élévation, mais l'image d'une parfaite déréliction. Un moment d'histoire certes, mais arraché à l'anecdote et qui touche à l'inactuel. Un moment des corps rendu au fond tragique de l'existence ou au cri de la vie qui cherche à se dégager de la mort, la révélation de la vie au moment où elle se soustrait à la proximité de la mort. Ce pur instant qui n'appartient plus au monde, à l'histoire ou à la politique, le pathétique d'une vie qui arrive à soi et crie. Ce battement de temps où une vie s'effondre et cherche à survivre – entre abandon et possible salut, entre le monde qui vacille et un ultime sursaut, entre l'angoisse de la mort proche et l'espérance encore (qu'ont-ils vu, ces naufragés qui font signe vers le lointain et que ces autres qui nous font face ne voient pas ?), ce battement d'un *peut-être*, cette hésitation entre mort et vie où pour nous tout se joue. Et peut-être Géricault, dans ce chef-d'œuvre, n'aura-t-il peint que ce mot *peut-être* (qu'on peut lire en italique à plusieurs reprises dans l'ouvrage), mais le mot le plus décisif jusqu'en son balancement, l'instant métaphysique cette fois, cet instant absolu *« dans lequel se confondent l'impossibilité que la durée se poursuive et la possibilité renversante d'un salut inactuel »*. Ou bien ce moment des corps, quand ils éprouvent toute leur pesanteur, quand ils se sentent chargés de tout leur poids de souffrance, et pourtant manifestent encore quelque chose de leur gloire d'être corps. N'eût-il peint que cette toile, que Géricault mériterait toute notre admiration.

Le *Radeau* est ce moment culminant de l'œuvre, mais non pas le dernier. Celui-ci est pour ces études d'enfants et de fous, portraits combien émouvants de monomanes, d'hommes égarés, hantés par la souffrance et d'avoir vu quelle misère humaine que nous ne savons pas reconnaître, visages terribles et qu'il faut être poète – ou grand peintre – pour savoir aimer. Poète comme Baudelaire (lui qui savait dire l'*« horreur de la vie et extase de la vie »*), peintre comme Géricault. Baudelaire, dont Géricault parfois fut si proche, mais qui le mentionne à peine dans ses *Salons*. Michelet, en revanche, sut lui rendre hommage : *« Une œuvre qui sous des apparences de mort, n'éveille, dans l'âme de celui qui sait la bien voir, que des idées de résurrection, cette œuvre est, en réalité, une œuvre de vie puissante, de durée égale au sentiment qui l'a inspirée, c'est-à-dire impérissable. »* Sans doute saurons-nous, après ces pages, un peu mieux la voir.

Jérôme de Gramont

Plateau volant, motolaveur, purée minute

Au Salon des arts ménagers (1923-1983)

Marie-Ève Bouillon et Sandrine Bula

CNRS Éditions, 2022, 200 p., 22 €

Le travail domestique fait aujourd'hui l'objet de multiples travaux en sciences sociales. Cette attention contraste avec l'indifférence dont il a longtemps fait l'objet, au contraire du travail « productif » et rémunéré, extérieur à la sphère privé et essentiellement effectué par les hommes. Se pencher sur son histoire permet d'explorer un certain nombre de questions reconnues comme essentielles pour complexifier l'étude des sociétés dites « modernes » : la délimitation fluctuante du « travail » comme forme sociale de classification, la construction différenciée des rôles de genre, l'avènement de la consommation de masse ou encore la démocratisation du progrès technique.

Organisé entre 1923 et 1983 chaque année à Paris, le Salon des arts ménagers – aujourd'hui bien oublié, à l'image de l'histoire du travail domestique – est un excellent prisme pour prendre le pouls de ces problématiques. Avec ses multiples étals d'exposants présentant les dernières innovations en matière de technologie ménagère ou ses conférences variées sur le rôle social de la maîtresse de maison, cette grande manifestation traverse le XXe siècle et en épouse les contours, des politiques familialistes de l'après-guerre, quand l'État s'appuie notamment sur le Salon pour faire de la « ménagère » le pilier de la paix sociale, aux mouvements féministes des années 1970.

Aussi les Archives nationales ont-elles consacrées une exposition au Salon des arts ménagers (du 5 février au 22 juillet 2022), dont le présent ouvrage constitue à la fois le vade-mecum et le prolongement. Essentiellement rédigé par Marie-Ève Bouillon et Sandrine Bula, commissaires de l'exposition, il se présente moins comme une œuvre de spécialistes que comme une introduction, s'adressant aussi bien à des lecteurs curieux qu'à des chercheurs désireux d'emboîter le pas à cette « invitation ».

Il s'agit en effet pour les autrices de faire connaître le gigantesque fonds d'archives à la fois textuelles et visuelles que le commissariat du Salon a lui-même alimenté méthodiquement au fil des années, avant de le verser aux Archives nationales. C'est à ces fins que l'ouvrage comporte, parmi ses annexes, un bienvenu « État sommaire des sources d'archives du Salon des arts ménagers » susceptible de guider les futurs explorateurs de cette véritable mine d'or.

Pour toutefois engager de telles recherches, encore faut-il parvenir à mettre en lumière les grands enjeux du Salon des arts ménagers, et c'est ce à quoi s'emploie le livre. Tout en faisant œuvre d'introduction, il s'appuie sur de multiples renouvellements historiographiques récents et se fait l'écho de préoccupations collectives majeures de notre époque. Après une brève préface signée Bruno Ricard (directeur des Archives nationales), l'introduction souligne les aspects les plus saillants du Salon, avant que les six parties qui jalonnent le catalogue n'en explorent chacune une dimension spécifique. Les autrices s'emploient alors à démontrer que cet événement pourtant si méconnu aujourd'hui avait atteint un véritable statut de *« grande fête populaire que l'on visite en famille »*, accueillant jusqu'à 1 416 000 visiteurs en 1962. Ce *« phénomène de masse »* fut notamment rendu possible par un intense travail médiatique.

C'est ce qui explique la formation d'une véritable *« culture visuelle »*, l'institution recrutant de nombreux photographes pour couvrir l'événement. Voilà qui ouvre une voie royale aux chercheurs qui voudraient explorer le Salon en faisant droit aux perspectives ouvertes par le « tournant iconique » qui a conduit les historiens à remettre en question le privilège accordé aux seules sources écrites. Les autrices expliquent que la redécouverte de ces archives photographiques, dans la mesure où elles donnent accès à des perspectives très variées sur le Salon, permettent de compléter une historiographie plus traditionnellement centrée sur le prisme du design et des avant-gardes artistiques : leur étude *« permet une histoire du Salon par la "base", celle des anonymes qui le font et le peuplent »*. En articulant l'*iconic turn* et la perspective de l'*history from below* ouverte notamment par les *subaltern studies*, l'ouvrage invite à se saisir des outils d'une historiographie plurielle pour inscrire l'étude des arts ménagers dans le champ d'une histoire indissolublement culturelle et sociale.

Dans une première partie nécessairement plus généraliste, « La fabrique du Salon des arts ménagers », Sandrine Bula commence toutefois par retracer avec clarté les grandes étapes de l'évolution chronologique de l'institution, de ses prémices à la création en octobre 1923 d'un concours d'appareils ménagers organisé au Champ-de-Mars, avant de devenir en 1926 le Salon des arts ménagers. De plus en plus courue, la manifestation atteindra un pic d'1,4 million de visiteurs en 1954, contribuant peu à peu à introduire le progrès technique dans les foyers français en le mettant au service de la paix familiale, jugée inséparable de la paix sociale – en accord avec les idées personnelles de Jules-Louis Breton, véritable maître à penser du Salon. Au cours des Trente Glorieuses, le Salon se voit de plus en plus concurrencé par des manifestations locales, par le développement des magasins d'électroménager et des supermarchés, et s'ouvre davantage aux professionnels, tout en faisant l'objet des critiques de la « deuxième vague » féministe. La dernière édition se tient en 1983. Le Salon des arts ménagers a alors fait son temps, l'image de la femme qu'il a contribué à construire commençant à se défaire, mais il n'en a pas moins durablement marqué de son empreinte le quotidien des consommateurs et des consommatrices.

Les parties II à VI de l'ouvrage sont quant à elles plus spécialisées, et font la part belle à des objets et des méthodes historiques variés. On peut notamment évoquer la partie II, « Culture visuelle et médias au Salon » : parmi les plus emblématiques de l'ouvrage, elle s'inscrit tout particulièrement dans la filiation du « tournant iconique » pour étudier la manière dont le Salon joue de l'*agency* des images pour séduire les clientes et les clients, qu'il s'agisse des stands hauts en couleur remplissant le Grand Palais ou des multiples photographies que les organisateurs font diffuser dans la grande presse de l'époque. Les autrices dénombrent en effet environ 40 000 clichés archivés par le Salon entre 1927 et 1983.

Grâce à son ample recours aux sources visuelles et à la diversité des approches historiques mobilisées, l'ouvrage conserve quelque chose du caractère spectaculaire du Salon des arts ménagers. Enthousiasmant et accessible, il laisse augurer de nombreuses découvertes possibles dans les études historiques.

Valentin Denis

L'éducation géographique

Pierre Vinclair

Flammarion, 2022, 384 p., 25 €

L'Éducation géographique de Pierre Vinclair est orné d'une carte bicolore, d'un bleu indigo aussi éclatant que le beige est à demi effacé, tout de sable et d'eaux vives, et qui court d'un bout à l'autre du livre, nous forçant à ciller pour déchiffrer la quatrième de couverture. Plutôt que d'écrire une recension classique de ce fort volume de presque 400 pages, aux allures non pas prométhéennes mais ptoléméennes, j'aimerais en déplier un seul poème, comme on grossit un point sur une carte. Mon choix ne sera en aucun cas représentatif de l'ensemble, puisque aucun des poèmes rassemblés dans les vingt-cinq sections du recueil ne se ressemble d'un point de vue formel. Chacun existe en propre, pyramide ou escalier, invente son rythme, lettre adressée à un individu qu'on voudrait croire unique, ou plutôt carte postale, envoyée depuis un lieu qui sinue dans la durée, s'étale dans l'espace. L'image rappelle un fleuve, ici le Rhône, dont le désir primitif et limoneux ouvre le premier poème. Fleuve qui vient tout du long battre les flancs d'une architecture rigoureuse et solide, parce que pensée pour la postérité. Sur le fronton, à l'entrée, on lit les noms de Clémence, Noah et Amaël, la femme et les deux filles du poète.

Le présent recueil couve déjà trois autres volumes à paraître ces prochaines années, déviant de sa solitude impétueuse pour construire un réseau de villes et de références multiples. Pierre Vinclair charrie dans le sillage de Flaubert une esthétique ancienne, dans laquelle le lyrisme recouvre son entourage circonstanciel pour former les esprits, ancrer les corps. En un mot, pour faire œuvre d'apprentissage, lier le personnel à l'universel. Cette valeur exemplaire transparaît tout le long de *L'Éducation géographique*, que l'on peut aussi parcourir comme une bibliothèque ambulante, où l'on croise, douces sentinelles, William Blake, Du Fu, Virginia Woolf, Emily Dickinson, Sharon Olds ou encore William Shakespeare. Pierre Vinclair, également traducteur, entrelace la lecture de leurs œuvres à des expériences sensibles que le voyage sait récompenser. Il les place ou plutôt les déplace au fil de son itinérance pour qu'ils soient reconnus ailleurs et plus tard.

On ne s'étonnera donc pas de croiser Du Fu, immense poète chinois du VIIIe siècle, en terres australiennes dans le quinzième poème du recueil. Le poète y déballe une narration à flux multiples : récit de moments, *« petits poèmes vacants »*, qui fonctionnent comme des « diapos » autobiographiques, projetées par intervalles fixes, à destination de ses filles. Sans cesse conscient du décalage temporel et spatial qu'induisent ces faux reportages, Pierre Vinclair ne craint pas de fissurer l'unité du poème. Il ne le dresse pas, il l'adresse. L'effet général fait penser à un collage, par lequel la réalité a été scrutée, puis entaillée dans ses grandes lignes de force, dont il découpe le tracé strophe à strophe. La césure affirme son travail de sape despotique de la versification : les mots trop longs, brutalement cisaillés, font souvent le jeu d'une métrique impaire. Les *« anthropo / Logues »* côtoient le verbe *« anagram / Mait »* : l'esthétique bien huilée du rejet laisse ici place à un séquençage pas toujours signifiant en lui-même, mais en aucun cas arbitraire. Pierre Vinclair dé-familiarise, si bien qu'il nous laisse en bouche une langue nouvelle, syllabique, pleine d'accents toniques inconnus, on prononce *« balançoi / Re »* en s'étonnant d'y trouver un froissement de soie, avant la fermeture rocailleuse du mot un vers plus loin. Surtout, le lecteur – ou plutôt l'auditeur – ne peut jamais céder aux facilités d'une langue qui, à force de gommer son existence sonore, deviendrait purement visuelle, surface miroitante d'images. Ici, à tout moment, un vide déraille, nous réveille, nous dérange parfois. Il suffit d'écouter Pierre Vinclair pour que la performance orale s'exprime dans toute sa portée dramaturgique : une *« plénitude, oui mais en mou / Vement, et qui n'est pas tragique »*. Le poème s'obtient au prix d'une haute lutte, une *« guerre civile »*, où la simplicité apparente des mots se heurte à leur articulation complexe. Le chant ne cherche aucune résolution, ni sémantique, ni sonore, parce que *« vivre est une contradiction »*.

Alors, comment ramasser la marée chatouilleuse des souvenirs, que l'image du début et de la fin du poème, cliché d'une plage australienne, désigne sans détour ? Comment, surtout, les relier à une mémoire commune ? Par flux, acceptation du transitoire : la pensée s'écoule à travers les associations nerveuses de faits historiques, citations, remarques personnelles, jugements prononcés à voix haute et phrases murmurées à part soi. Des obsessions surgissent, dans la nudité effarante de leur répétition : ainsi des « Aborigènes », peuple de la trace, d'une existence tenace qui précède de loin. Hommage leur est donc rendu, par cette poésie *« aborigène de la prose »* mais aussi à travers une collection de peintures, dont il réécrit la légende, comme souvent dans le recueil. Ces deux manières de matérialiser l'absence, d'incarner aussi un refus aux bornes de l'oubli, s'expriment dans ce que je considère comme un véritable génie de l'exposition chez Pierre Vinclair. Le geste de ne rien camoufler, d'étendre la complexité, quitte parfois à violenter l'ensemble, propulse l'artiste en acte.

Camille Pech de Laclause

Les violences inaudibles

Récits d'infanticides

Julie Ancian

Seuil, 2022, 188 p., 20 €

Chaque année, certaines femmes accouchent seules et dans le secret, puis tuent ou laissent mourir leur nouveau-né quelques heures après la naissance. Ces *« néonaticides »*, ainsi que les qualifie la sociologue Julie Ancian en s'appuyant sur les travaux du psychiatre américain Phillip J. Resnick, sont généralement qualifiés d'inexplicables par la presse lors de leur découverte ou au cours des procès en assises des autrices de ce crime.

C'est précisément des explications à ces actes que Julie Ancian a souhaité apporter dans son livre, au croisement de la biographie des femmes concernées et de leurs interactions avec la société, et une *« rationalité »* qu'elle a souhaité dégager, sans nier la gravité des crimes. Pour ce faire, elle s'est entretenue pendant près de trois ans avec cinq femmes ayant commis un ou plusieurs néonaticides, pendant leur détention et après leur procès.

Plusieurs traits reviennent dans ces histoires à chaque fois singulières : une éducation durant laquelle la sexualité et la santé reproductive sont taboues ; de multiples violences subies de la part du conjoint, mais aussi parfois des parents, d'où résulte un climat permanent de peur ; une faible estime de soi et, en conséquence, une répugnance à dévoiler son corps au médecin ; une précarité professionnelle et un logement dans un village ou une ville modeste, relativement éloigné des services de santé. Pour reprendre le concept du sociologue Olivier Schwartz, ces femmes vivent une *« insécurité cumulative »*, caractérisée par un rapport faiblement stratégique à l'avenir : la grossesse qui advient, qui n'est généralement pas la première et n'est pas désirée par le conjoint, est vécue comme un événement *« catastrophique »* qui va rompre un équilibre déjà fragile.

L'autrice souligne aussi comment ces vies sont affectées par des éléments de contexte souvent sous-estimés : la complexité et les risques d'échec liés à la pratique contraceptive, le délai mis parfois à déceler une grossesse, la méconnaissance de certains dispositifs, comme l'avortement médicamenteux ou l'accouchement sous X. Ainsi, selon Julie Ancian, les causes profondes du néonaticide seraient, comme pour l'avortement, le défaut de confiance dans le couple et la précarité économique. La rationalité propre à ce crime serait un *« geste ultime »* de planning familial.

Ces récits adressés à la sociologue ont permis à ces cinq femmes, soumises pendant des années par leur entourage à un processus de *« silenciation »*, de reprendre la parole sur leur histoire dans le cadre paradoxalement sécurisant de la prison. La description des procès de néonaticides, auxquels Julie Ancian consacre la seconde partie de son livre, souligne combien le récit judiciaire peine, quant à lui, à approcher les mécanismes conduisant à ces actes. Le traumatisme et la honte empêchent les accusées de se livrer ; leurs avocats, pour susciter la clémence, les incitent à se présenter comme des victimes ou favorisent les expertises psychologiques concluant à un trouble du discernement ; une morale familialiste, survalorisant la maternité, pèse sur les débats et les magistrats peuvent être confrontés à des biais de classe, parfois de genre ; ils méconnaissent enfin les enjeux de santé reproductive. La notion de « déni de grossesse », évoquée lors de l'affaire Courjault en 2006 et scientifiquement controversée, vient parfois jeter un dernier voile obscur sur le contexte réel de ces crimes.

La sociologue termine son ouvrage en ouvrant deux réflexions fructueuses. La première concerne la place des conjoints dans ces affaires, dont le fardeau est généralement porté exclusivement par les femmes. Certains d'entre eux sont indemnisés pour préjudice de paternité ou de découverte de cadavre. Mais la fiction de leur innocence se fissure cependant au regard des violences conjugales, de la conscience probable par certains – quoique niée – de la grossesse de leur compagne et, plus structurellement, de leur désinvestissement à l'égard de la contraception.

La seconde réflexion porte sur la qualification de ces crimes. Les néonaticides sont englobés, en France depuis 1994, dans le crime aggravé d'homicide sur mineur de moins de 15 ans, ce qui rend plus difficile l'appréhension de leur particularité et de leurs circonstances. D'autres pays européens ont une approche spécifique de ce crime, comme la Suède, qui évoque par ailleurs dans sa législation la circonstance atténuante de *« détresse »*. À droit inchangé, Julie Ancian interroge aussi l'usage que les magistrats français pourraient faire dans ces cas de la notion pénale de *« contrainte »* qui, comme le trouble du discernement ou la légitime défense, est susceptible, sans remettre en cause le crime, d'atténuer la responsabilité du criminel.

Jérôme Giudicelli

Un carrelet sur l'île Madame

Jean Bernard-Maugiron
Les Éditions du Ruisseau, 2022,
178 p., 15 €

Romancier, essayiste, animateur du blog « La Grande Mue », consacré à Bernard Charbonneau, Jean Bernard-Maugiron se rend fréquemment sur l'île Madame. Cette minuscule île, accessible à marée basse depuis Port-des-Barques, est située entre l'île d'Oléron et l'île de Ré. L'auteur y a un carrelet, sorte de ponton en bois qui surplombe l'océan et d'où l'on pêche avec un filet carré, encadré par une armature métallique, que l'on descend dans l'eau avec un treuil. C'est ce filet qui s'appelle « carrelet », mais le nom est donné à l'ensemble que constitue ce ponton avec son cabanon dans lequel on dort, cuisine, lit, aime, vit de peu de chose…

Un tel isolement est propice à la méditation et au retrait du monde technique. Il ne faudrait pas croire pour autant que cette économie de moyens n'offre pas des trésors, la pêche mais aussi et surtout le paysage sans cesse changeant selon les heures et les saisons. Cela n'échappe pas à Jean Bernard-Maugiron : *« Fixer le miroitement de l'eau dans l'ondulation des vagues me met dans un état proche de l'hypnose et me rappelle ces sensations de perte de conscience que j'atteignais plus jeune dans la consommation de substances diverses, lorsque je cherchais à forcer le contact avec un monde parallèle, un arrière-monde, un enfer. »* Dorénavant, c'est une sorte de paradis que l'auteur découvre en usant du seul stupéfiant local : la nature. Pourtant, celle-ci est malmenée par des hordes de touristes l'été, les employés municipaux qui saccagent les haies avec leurs débroussailleurs et autres tronçonneuses. Heureusement, la plupart du temps, c'est la faune et la flore du lieu qui s'expriment : *« À l'ombre des larges feuilles de la grande berce, la vipérine des Pyrénées, bisannuelle, sort cette année de sa rosette basale pour étaler ses rameaux en panicule pyramidale hérissée de longues soies raides, ses feuilles lancéolées protégeant de délicates fleurs rose pâle où pointent des filets d'étamine pourprés. »* La moindre parcelle de terre possède son jardin botanique, tout comme la moindre mare son univers marin : *« Auparavant il y avait quantité de palourdes, lavagnons et pétoncles. Maintenant qu'ils ont été ramassés trop jeunes il n'y en a plus, ou si peu, et je ne dirais pas où, ou alors contre des coins à champignons. »* Jean Bernard-Maugiron, à l'instar de Henry David Thoreau à Walden, observe le monde vivant et y trouve le repos.

Mais l'île Madame possède une autre histoire : c'est là que la Convention déporte, en 1793, 1 494 prêtres non jureurs ou pas assez ; la plupart y meurent dans des conditions indignes. Plus tard, en juin 1871, ce sont des communards qui y sont détenus avec peu d'espoir de retrouver la terre ferme. Plus tard encore, en 1913, l'île Madame sert de « bagne militaire » pour les irréductibles condamnés par les conseils de guerre pour insoumission, rébellion ou désertion. *« L'océan porte en ses battements des échos lointains de l'histoire. Là, tout au bout des Palles, je regarde voguer, voiles grandes ouvertes au vent du noroît, des dizaines de bateaux de toutes tailles, gabarres, galères, caraques, cogues, hourques, cutters, galiotes, knarrs, flûtes, caravelles, bricks, clippers, venus de Bretagne, de Flandre, de Scandinavie, de la Hanse, d'Écosse et d'Angleterre, qui empruntent le coureau d'Oléron pour embouquer le chenal de Brouage et se charger du sel récolté dans les marais salants creusés sur des centaines d'hectares, bosses et jas encore visibles aujourd'hui.* » Mais le carrelet, c'est avant tout la pêche, le mulet, l'éperlan, le congre, la sole, le bar, la plie et aussi des crabes. Ainsi s'écoule le temps avec la certitude d'appartenir au monde.

Thierry Paquot

Dryades & ptérodactyles de la Haute Lande

Augustin Berque
Éditions du non-agir, 2022, 96 p., 12 €

Le célèbre géographe, spécialiste du Japon, et philosophe de la mésologie, Augustin Berque, dessine, mais a hésité à en faire son métier. Ce recueil rassemble des dessins réalisés entre 1967 et 1980. On y voit des nymphes qui résident dans des forêts (les dryades) et des reptiles volants (les ptérodactyles). Gustave Moreau, mais aussi André Masson et Edvard Munch l'ont certainement influencé, sans oublier la bande dessinée et les mannequins des magazines *Elle* ou *Lui*, qu'il déshabille pour mieux les incorporer aux anfractuosités des arbres ou les perdre dans les ombres des grottes. Il y a une indéniable dimension fantastique dans ces dessins qui appelle au rêve. Les légendes rédigées spécialement pour cette édition ne sont pas dépourvues d'humour, l'auteur appréciant les jeux de mots et la dérision. Il n'oublie pas pour autant la philosophie et le Japon, d'où des références érudites fournies pour le plus grand plaisir du lecteur.

Thierry Paquot

Essais

Marcel Proust
Édition sous la dir. d'Antoine Compagnon, avec la collaboration de Christophe Pradeau et Matthieu Vernet
Gallimard, 2022, 2 064 p., 69 €

L'éclectisme de Marcel Proust se retrouve dans ses *Essais*, où il se fait *« concierge de génie »*. Nous le découvrons averti autant en littérature, art plastique et musique qu'en philosophie. Ces *« matières »* se retrouvent dans cette suite de textes à travers le temps. Sa culture encyclopédique y est présente, mais selon le *« tri »* que l'auteur a opéré dans cette accumulation de connaissances. La philosophie est surtout omniprésente, puisque, à sa manière, *La Recherche* est un roman philosophique.

Les divers essais complètent ainsi *La Recherche* dès *Contre Sainte-Beuve*. Dans la première existe un philosophe caché qui pratique des *« barbotages »* d'après les leçons d'Alphonse Darlut, professeur de Proust à Condorcet et qui prenait son chapeau comme exemple et parangon de la réalité. Ces essais fourmillent d'analyses et de *« consultations »* où l'intellect de Proust tourne à plein régime dans les examens d'œuvres très diverses. Se découvre donc un Proust qui reconnaît ce qui *« détruit la ressemblance »* chez Picasso entre autres, que Proust a connu.

L'art visuel possède une place singulière : *« Par l'art nous pouvons sortir de nous et voir le monde se multiplier »*, écrit-il. Les *« rayons spéciaux »* en perdurent et il les découvrit chez Rodin et Monet, à qui il emprunta la conception de son œuvre comme *« cathédrale d'art »*. Et si, chez Proust, la mémoire est un instrument de référence, elle devient dans ce livre un lieu de découverte. Proust semble faire sécher *« l'éternel présent »* sur la corde invisible de ses marges, qui sont bien plus, malgré son mot, que quelques *« hardes »*.

Jean-Paul Gavard-Perret

La Russie, un nouvel échiquier

Jean de Gliniasty

Eyrolles, 2022, 192 p., 16,90 €

Ancien ambassadeur de France en Russie, directeur de recherche à l'Institut de relations internationales et stratégiques, Jean de Gliniasty a achevé son manuscrit quelques jours après l'entrée des forces russes en Ukraine. Il montre que le troisième mandat de Poutine (2012-2018) a été celui du durcissement interne et externe, qui n'a fait que s'amplifier depuis. Mais jusqu'en février 2022, le président avait cherché à trouver un équilibre entre un État fort, réconcilié avec son histoire, capable de soutenir la compétition internationale, et le dynamisme qui s'attache aux sociétés démocratiques. La guerre en Ukraine détruit durablement cet équilibre. Au terme de son survol de l'histoire, de la société, de l'économie et de la politique extérieure russes, le dernier chapitre porte sur la nostalgie de l'empire. Sa première conclusion est que le triangle Washington-Pékin-Moscou n'existe plus. La Russie, sans se mettre à la remorque de la Chine, en dépendra de plus en plus. Seule la Chine (et l'Inde) est en mesure d'absorber ses énergies fossiles. Quant à l'étranger proche, sans échapper à Moscou, il s'émancipe de plus en plus. On l'a vu avec l'Asie centrale, l'Azerbaïdjan, sans parler de l'Ukraine. Avec l'Union européenne, les relations n'ont cessé de se dégrader : de 2012 à 2020, les exportations européennes vers la Russie sont passées de 118 milliards d'euros à 79 milliards (les chiffres ont baissé massivement depuis). En contrepoint, la Russie a continué sa politique de pénétration en Afrique, comme l'atteste le déploiement récent du millier de mercenaires de la société militaire privée Wagner au Mali, après sa forte implication en République centrafricaine. Quant à la culture, elle aurait pu devenir un des vecteurs de la nouvelle diplomatie de la Russie, mais avec l'invasion de l'Ukraine, la Russie risque de se retrouver isolée sur la scène internationale. Décidément, la Russie n'est pas douée pour la « puissance douce ». L'histoire russe, pétrie de violence et de tragédie, n'a guère dévié de son cours. Est-ce fatalisme, détermination géographique, poids de la tradition autocratique ? En tout cas, nous voilà pour longtemps coupés de la Russie, ce qui pèsera sur le destin de l'Europe.

Eugène Berg

De Gorbatchev à Zelensky : quel avenir pour les valeurs démocratiques ?

Sous la dir. de Bénédicte Borel

L'Harmattan, 2022, 128 p., 14,50 €

Bénédicte Borel, qui dirige un programme lié à la bonne gouvernance dans une organisation internationale, s'interroge : est-il possible, avec la multiplicité des crises internationales, de gouverner sans respecter les valeurs ? Dans ce volume, universitaires, chercheurs et experts internationaux et de la sécurité offrent un aperçu de l'action de gouvernance politique et de l'usage des valeurs dans des régimes politiques démocratiques ou en transition vers la démocratie. Ainsi, cet ouvrage avance quelques pistes de réflexion sur l'exercice du pouvoir et des valeurs dans quatre pays de l'ancien espace soviétique. Il s'ouvre avec la Russie de Gorbatchev et se termine avec l'Ukraine de Zelensky, en passant par la Bulgarie de Zhelev, Kostov et Borissov, et l'Arménie de Sargsyan et de Pachinian. Les valeurs peuvent être très aisément instrumentalisées par les dirigeants et l'appareil gouvernemental tend partout à prédominer, les contre-pouvoirs – s'ils existent – n'étant guère en mesure de jouer un rôle efficace.

Eugène Berg

Le Climat en 100 questions

Sylvestre Huet et Gilles Ramstein

Tallandier, 2022, 384 p., 10,50 €

La température de la planète s'est déjà élevée de 1,2 °C en un siècle, et il reste moins de cinq ans pour agir, c'est-à-dire réduire les émissions de gaz à effet de serre de 8 % par an d'ici 2030. En 2018, les émissions mondiales de CO_2, le principal gaz à effet de serre d'origine anthropique, affichaient un nouveau record de 33 milliards de tonnes pour les seuls usages du charbon, du pétrole, du gaz et de la fabrication du ciment. Et depuis, en dehors de 2020, elles n'ont fait qu'augmenter. Le niveau marin planétaire augmente sous l'effet du réchauffement des eaux et de la fonte des glaces continentales. La faune et la flore, sauvages et domestiquées, réagissent déjà à cette transformation. Les bouleversements rapides du climat que nous provoquons vont mettre à rude épreuve nos sociétés. Pourquoi les sociétés et les gouvernements tardent-ils donc tant à agir ? L'objectif de ce livre est d'accompagner ses lecteurs face au changement climatique. Il est écrit dans un langage accessible, sans pour autant cacher la complexité du système climatique et des enjeux de société qui y sont liés. C'est pourquoi il réunit les compétences d'un climatologue et celles d'un journaliste. Aurons-nous encore le temps d'agir collectivement ?

Eugène Berg

2030 Glorieuses

Utopies vivantes

Julien Vidal

Illustrations de Lauriane Miara

Actes Sud, 2022, 272 p., 21 €

Cet ouvrage se veut un message d'espoir, celui d'une économie verte, décarbonée, innovante et décentralisée. En mettant le cap sur une *« nouvelle civilisation »*, il s'agit d'inventer ensemble une société durable et solidaire. Il y a eu les Trente Glorieuses, dopées aux énergies fossiles, représentant encore aujourd'hui 80 % du bilan énergétique mondial. Espérons qu'il y aura les 2030 Glorieuses, nourries par l'entraide, la créativité, l'innovation frugale, la conscience d'un destin commun et l'empathie. Cela exigera cependant du temps, du courage, de l'inventivité et une véritable coopération internationale. Le XXIe siècle devrait être celui des croissances : celles du lien, de la régénération des écosystèmes, de la reconnexion à nous-mêmes, du partage et du bonheur. Julien Vidal nous conduit vers un avenir utopiste dont il perçoit quelques germes. Les innovateurs et créateurs qu'il interroge esquissent une société régénérative et redistributive, en harmonie avec les logiques naturelles : circularité, sobriété, adaptation et multifonctionnalité. Ils sont nombreux dans les villes et les régions à montrer que l'action est le meilleur remède contre le fatalisme. Mais les *« 2030 Glorieuses »* exigeront de réels efforts collectifs.

Eugène Berg

En écho

NVL, nº 232

La revue *NVL* consacre son numéro de juin 2022 à la considération portée aux animaux dans la littérature jeunesse. À l'heure où la souffrance animale et la maltraitance des animaux interpellent de plus en plus notre conscience, mais restent tristement d'actualité, Florence Gaiotti, qui coordonne ce numéro spécial, nous prévient d'emblée : *« Il ne faut* [...] *pas tomber dans un travers qui consisterait à penser d'une part que seule notre époque prend en considération les animaux et que d'autre part l'anthropomorphisme empêche toute pensée et toute prise en considération de l'animal. »* Comment présenter les animaux et leur vie intérieure autrement que par le truchement de l'anthropomorphisme et du langage humain ? Si quelques livres s'y sont essayés et montrent les animaux pour eux-mêmes en nous faisant pénétrer dans leur monde sans le rendre similaire au nôtre, l'anthropomorphisme semble encore toutefois largement dominer. Mais décrier l'anthropomorphisme, n'est-ce pas le confondre avec l'anthropocentrisme ? L'anthropomorphisme est seulement un type de *mimésis* utilisé pour raconter une histoire de fiction. Il s'agit de faire comprendre aux enfants que les animaux sont nos *« alter égaux »*, selon la belle expression d'Anaïs Perrin, par exemple en montrant l'animalité des humains et l'humanité des animaux. Les mammifères sont largement représentés dans la littérature jeunesse, mais les mollusques, les insectes ou les poissons le sont beaucoup moins, reflétant la hiérarchie implicite que nous créons entre les espèces en fonction de leur proximité avec nous. Claudine Charamnac Stupar conclut ainsi : « *Dans ces romans qui intéressent les ados, il y a toujours une forme d'anthropomorphisme mais qui excite nos capacités imaginatives à la fois pour mieux comprendre l'autre, animal, dans son altérité profonde et pour conduire une réflexion et une évolution propres à nous sortir de notre impasse mortifère.* » La littérature jeunesse a un rôle important à jouer, non seulement auprès des enfants, car s'adresser à ces derniers, c'est préparer un avenir de compassion, mais aussi auprès des adultes qui en sont les médiateurs. La belle image d'Eduarda Lima qui fournit la couverture de la revue montre toutes les espèces de dos qui se tiennent enlacées ; l'oiseau est perché sur l'éléphant et le petit enfant humain serre contre lui un chien et un pingouin. Le dessin s'intitule *La Révolte* : elle est ici profondément pacifique et montre que l'avenir passe par la solidarité entre toutes les espèces.

Auteurs

Fabienne Brugère
Philosophe, professeure à l'université de Paris 8, elle a notamment publié *L'Éthique du* care (Presses universitaires de France, coll. « Que sais-je ? », 2011).

Nicolas Duvoux
Sociologue, professeur à l'université Paris 8, président du comité scientifique du Conseil national des politiques de lutte contre la pauvreté et l'exclusion sociale, il a notamment publié *Le Nouvel Âge de la solidarité. Pauvreté, précarité et politiques publiques* (Seuil, 2012).

Bénédicte Chesnelong
Ancienne avocate au barreau de Paris, elle a effectué plusieurs missions d'enquête pour la Fédération internationale des droits de l'homme, le Conseil de l'Europe et les Nations unies, et publié de nombreuses recensions dans la revue Esprit.

Guillaume Le Blanc
Philosophe, professeur à l'université Paris 7, il vient de publier *La Solidarité des éprouvés. Une histoire politique de la pauvreté* (Payot, 2022).

Nicolas Marquis
Sociologue, professeur à l'Université Saint-Louis – Bruxelles, il a notamment dirigé *Le Changement personnel. Histoire, mythes, réalités* (Sciences humaines, 2015).

Fadoua Messaoudi
Doctorante en sociologie à l'Université Saint-Louis – Bruxelles, elle a notamment publié « Aider ceux qui ne l'ont pas (vraiment) demandé : le travail d'un SASE » (*Les Politiques sociales*, n° 3-4, 2021).

Patrick Vauday
Philosophe, professeur émérite à l'université Paris 7, il vient de publier *Bifurcations. Pour une critique de la ligne droite* (L'Harmattan, 2022).

esprit.presse.fr

Entretien avec Emmanuel Mouret
L'art de la parole

François Meunier
Constitution chilienne : les raisons d'un échec

Margot Malgorzata Grygielewicz
Des bisons et des hommes

Hélène Mugnier
Donatello, il Rinascimento

Thibault Tellier
La banlieue entre imaginaire social et intervention publique

Annie Daubenton
La rentrée scolaire en Ukraine

Bernard Worms
Les signes de l'altérité

Michaël Fœssel
La tentation fasciste selon Pierre Klossowski (podcast)

•

Directrice de la publication
Anne-Lorraine Bujon

Fabrication : Transfaire Sarl, F-04250 Turriers, 04 92 55 18 14
www.transfaire.com

Création de la maquette originale et illustration de couverture : Ip-3 / Olivier Marty

Publié avec le concours du Centre national du livre

Dépôt légal septembre 2022 – Commission paritaire 0727 D 81899

ISSN 0014 0759 – ISBN 978-2-37234-227-8

n° 490, octobre 2022

Achevé d'imprimer sur les presses de Corlet Imprimeur
ZI, rue Maximilien Vox
Condé-sur-Noireau
14110 Condé-en-Normandie

N° d'impression : 2201.0007

PEFC 10-31-1510 IMPRIM'VERT®

Esprit est membre du réseau des revues européennes *Eurozine* (www.eurozine.com)

· ESPRIT ·

1932 | 2022

90 ANS

Quels engagements pour les intellectuels aujourd'hui ?

Jeudi 20 octobre 2022 - 19h

Maison de la poésie · 157 Rue Saint-Martin, 75003 Paris

*Avec **Camille Riquier,** professeur de philosophie à l'Institut catholique de Paris, et membre du comité de rédaction d'Esprit, et **Nadia Yala Kisukidi**, professeure de philosophie à l'Université Paris 8 Vincennes-Saint-Denis.*
*Table ronde animée par **Anne-Lorraine Bujon**, directrice de la revue Esprit*

Réservations sur :
maisondelapoesieparis.com
Entrée : 6€

maison de la poésie scène littéraire

Esprit a été fondée en 1932 par des jeunes gens « en lutte contre le désordre établi », réunis autour du philosophe Emmanuel Mounier. Ce 90ème anniversaire est l'occasion de s'interroger sur la figure de l'intellectuel engagé aujourd'hui : pour quelles causes et avec quels moyens intellectuels et écrivains s'engagent-ils ? Comment se confrontent-ils aux évènements de leur temps ?

ESPRIT, une revue dans l'histoire (1932-2022)

Sortie en librairie le 13 octobre 2022
128 pages, 17€

©A.Ravera